魔豆

琉璃仙子

香草——著

01

琉璃仙子 01

目錄

宋仁書
二十歲，花月國丞相。文雅聰穎，但生活上有些小迷糊，須人照料。
白銀
十七歲白家莊少主。雖一副吊兒郎當的模樣，卻意外地可靠。
琉璃
芳齡十五的俏皮少女。個性開朗活潑、聰明細心；身分是一團謎。

左煒天
二十四歲，左將軍。
豪邁且不拘小節，一身
陽剛氣息。
祐正風
二十四歲，右將軍。
風度翩翩的儒將，溫和
穩重。
姚詩雅
芳齡十六。
下任神子之一。
文雅婉約，讓人很想
呵護。
葉天維
二十三歲。
性情冰冷，卻獨對詩雅
非常溫柔。
琉璃仙子
人物介紹

楔子

大海的盡頭有這麼一個地方，風景如畫、寧靜和平。這片神奇的大陸只有中央部分擁有著春夏秋冬四季，其他地區則以東南西北分隔出四種不同氣候，東暖、南炎、西涼、北寒。

這個與世隔絕的國家，便是花月國。

花月國雖是一個王權統治的國家，可統領國家的卻不是世襲的王族。這個國家的每一任領導者皆有不同的身分背景，卻有著個共同點——她們全是女性，並且繼承了神明的力量，被譽爲「天神的女兒」。

相傳天地初開，地面皆是滾滾黃沙。天空沒有雲朵，世間沒有日夜之分。大地被烈炎照射得乾涸龜裂，統領人民的佟氏一族凶殘嗜殺。他們實力強大，更掌控著僅有的資源。百姓只能在他們的暴政底下悲慘過活、民不聊生。

天神憐憫世人的悲苦，便將自己的鮮血滴落於天池的蓮花上，清麗的花朵瞬間化為一名嬌艷少女，這就是初代的神子——落花仙子．花月兒。

神子降臨凡間後、踏足黃土的瞬間，乾涸土地上開滿遍地鮮花。少女輕輕一個吹息，漫天飛花化為雨水，聚集起來形成了湖泊與浮雲。她將光明的影子拉上天空，從此，世間有了晝夜之分，彎彎的新月就是太陽的剪影。

神子有著一身強大的神力，並且外表永保青春美麗。她掌管著大地，於陽壽到達盡頭時，便會化為飛花回到天上。此時，神子會落下最後一則預言，人們跟隨著預言的指示，便會遇上一位承繼了神力、左臂上有著蓮花印記的少女。

那名少女，正是下一任神子，也將是花月國未來的領導者。

□

碧華殿是神子居住的宮殿，兩名宮女撥開一卷以各種珍貴玉石及夜明珠穿串而成的珠簾，在燦爛奪目的珠簾後隨即緩緩走出一名絕代佳人。

女子狹長的鳳眼滿載風情，只須一個眼神，便能將人的靈魂勾了過去。她長相絕美，紅艷的唇彷彿欲語還休，華美的衣裳下，則是令所有女性羨慕嫉妒的豐滿身材。

這名風華絕代的女子，正是人稱「紫霞仙子」的現任神子——紫雨煙。

紫雨煙緩步走向由白玉建成的玉座，佳人步行的身姿儀態萬千，若有似無的笑容中充滿著驚人的誘惑力。「尤物」二字，就是用來形容這樣的女人。

優雅地安坐於玉座上，紫雨煙的嗓音一如她的外表般性感動聽，有著獨特的魅力，她道：「宣召各位前來並無其他，只是想通知大家一件事，今天正是我盡天命的回天之日。」

此言一出，百官一片譁然。站在前首的男子，也就是年僅二十、卻已貴爲花月國丞相的第一才子宋仁書，他震驚地詢問：「這麼重要的日子，神子爲何不事前告知我們？至少也應先把出征的左右將軍召回來啊！」

左右將軍，也就是花月國的兩名年輕將領，二人分別爲溫和穩重的右將軍祐正風，以及豪邁狂妄的左將軍左煒天。由於兩名將軍與宋仁書一樣，皆是由神子在外收養回來的孤兒，因此左右將軍雖然皆爲武將，卻與文官之首的丞相宋仁書私下感情很好。三人雖然沒有血緣關係，卻以兄弟相稱，感情更勝親兄弟。

宋丞相很清楚，這兩名武將雖然從不說出口，可是從小被紫雨煙收養的他們，對神子是眞的非常崇拜尊敬的。但紫雨煙卻偏偏在陽壽將盡之際支開了二人，宋仁書實在爲兩名好友感到遺憾。

紫雨煙嫣然一笑，道：「碧華殿被我以絕大的神力守護著，即使是鬼王親自侵入，也必須拚著失去千年道行的危險才能打破結界，還能生出什麼事情來？我只是向人生的另一個旅途出發而已，不須嚷嚷著要所有人來爲我送行，丞相大人你說對不對？」

的確，與凡人的生離死別不同，在天命道路的盡頭，無論是輪迴爲人還是飛昇成仙，全都由神子決定，因此這並不是什麼傷感的事情。可是對身邊的人來說，離別還是免不了惆悵。

看到宋仁書低頭不語，神子歉意地笑了笑，隨即輕柔地道出了最後的預言：

「雅致的樂曲、雅致的詩意，下任神子將爲東方的一顆耀眼寶石。」

語畢，女子的身影逐漸變得虛幻透明，眾人都知道時候到了，靜默地跪在地上，向神子奉上最後的祝福與敬意。

突然，宮殿中央平空出現一名身穿黑色斗篷的男子，飄揚的黑布遮掩住他的臉，卻掩不住那滿身的肅殺之氣。黑色的衣服、黑色的氣息，雙眼卻是如同血般的鮮紅！

鬼王！

侍衛一擁而上，然而男子身邊圍繞著煙霧般的黑氣，侍衛們就連對方的衣角也碰不到。

不懂武術的宋仁書只能退到一旁乾著急，此時他分外想念那兩名身在遠方的友人。若此刻常年護衛在神子身邊的左右將軍在場，鬼王哪能如此放肆！

身子已變作半透明的紫雨煙對於鬼王的接近不但沒有驚惶，反倒是嬌笑著拋了個風騷入骨的媚眼。

鬼王一把將佳人抱入懷中，邪氣的嗓音帶著笑意說道：「怎麼了？這次不逃了嗎？」

「要是我不調走一左一右那兩個小子，你怎能如此輕易地闖進來帶我走？現在在這兒神氣什麼？」毫不避諱地用手環住對方，紫雨煙親暱地與男子面貼面地低聲耳語道：「我一生就只替自己占了這麼一次卦，詢問我的命定對象。你知道我看見了什麼嗎？」

撫上鬼王的臉，神子喜悅地看到那雙向來充滿銳意的雙瞳，此刻有著與自己相同的柔情，她道：「我看見一雙血紅的眼眸！」

對方以魔力凝聚她的魂魄，卻忽然想起了什麼似地手一揮，一團潔白的神力便向著東方飛馳而去。「差點忘了，神力我可不能帶走。」

不知是否因爲沾染上鬼王的邪氣，神力的凝聚很不穩定。最後一陣強烈的波動過後，這股神力竟分裂成兩團一大一小的光芒！

訝異地看著分裂的神力消失於東方，紫雨煙不禁吐了吐舌頭，道：「我還在想那則預言怎麼會怪怪的，原來是這麼一回事呀！」

預想到往後隨之而來的騷動，人界這下子可有得樂了。

感到環抱著腰部的力量一緊，紫雨煙安撫地向鬼王笑了笑。

她才不管呢！都看顧了這個國家這麼多年，是時候讓自己追求身爲女人的幸福了。留下來的麻煩就由下任神子來想辦法吧！

看到紫雨煙並沒有因這意外而選擇留下，鬼王吁了口氣，爲免再生枝節，立即帶著女子消失於宮殿中。

就這樣，前任神子紫霞仙子被鬼王「強行擄走」了，而將被託付整個花月國，以及拯救前任神子重擔的下一任神子，至今仍在遠方，身分未明。

第一章　少女琉璃

琉璃自顧自地喝了口茶，然後一臉無辜地說道：

「我沒有事情要找公子呀！公子，你是在向我搭訕嗎？」

琉璃步進飯店後最先注意到的，是一名正叫苦連天的青年。

「真是的，這種苦差事由你們來幹便好了，怎麼我也要跟著出來活受罪？」苦著一張俊臉的青年長得斯文俊逸，然而此刻卻正以一副累癱了的樣子，很沒形象地軟趴在桌上，手卻是有一下沒一下地揉打著痠軟的小腿。

青年的其中一名同行者見狀，頓時露出一臉不屑的神情。雖然同桌的三人一看便知道是同伴，但這男子卻與先前那名書生扮相的青年是完全不同的類型。

這人一身俠客裝扮，放在木桌上的大刀也說明了對方是名江湖中人。雖然他的年紀不大，卻渾身散發著強悍而狂妄的氣勢，就像一頭來自原野的野獸。「丞相與兩名護國大將軍作爲『神使』，把新任神子迎回碧華是歷代傳統，你再抱怨也改變不了這事實。要不我們先走，你就喚一頂轎子，像個大姑娘似地坐轎子龜爬到東方好了！」

同桌還有另一名劍客裝扮的青年，相較於先前兩名同伴，無論是長相還是氣勢，都顯得很平凡，只是那身儒雅穩重的氣質讓人感到很舒心。

泛起能穩定人心似的溫和微笑，青年拿起杯子倒了一杯熱茶，說道：「你們就別吵了，先喝口熱茶休息一會兒吧！三弟，我明白對於沒有武功底子的你來說，我們趕路的速度確實太快了點。可是這一路上並不太平，要說那些殺手是衝著我們而來，倒不如說他們的目的是下一任神子。此刻的狀況實在刻不容緩，希望你能諒解。」說罷，青年便把盛著熱茶的杯子放在仍舊揉著腿的書生面前。

如果此刻這裡有朝廷中人，一定能認出這三名年輕人正是近年朝中炙手可熱的新貴——一身書生裝扮、正吐著苦水的青年，是上位不久的丞相宋仁書。身旁放著大刀的俠客是左將軍左煒天；至於另一名劍客，則是儒將祐正風。

聽過短短幾句對話後，琉璃已大致了解三名男子的性情。她大步走到三人所坐的桌子前，連招呼也不打，便理所當然地坐了下來。這種彷彿與三人早已深交的態度，令青年們訝異地交換了視線。

從眼神中確定同伴皆不認識這個莫名其妙的少女後，祐正風便抱拳詢問：「姑娘，請問妳找我們有什麼事嗎？」

琉璃看看旁邊，再看看後面，好像不知道別人搭話的對象就是她。

祐正風又好氣又好笑，只得耐住性子續道：「姑娘，我說的人就是妳。」

琉璃抿嘴一笑，眨了眨她那雙靈動的大眼睛。她不笑的時候已經很可愛了，一笑起來，飯店內一大半男客人的眼神都不由自主地打量起她來。

只見琉璃自顧自地喝了口茶，然後一臉無辜地說道：「我沒有事情要找公子呀！公子，你是在向我搭訕嗎？」

左煒天本就不是個有耐性的人，看這名少女顧左右而言他，男子一雙銳利的眼瞳瞪著琉璃，冷漠地反問：「這裡還有那麼多空位，姑娘故意選擇坐在這兒，難道不是有什麼指教嗎？」

琉璃眼珠一轉，忽然間壓低音量笑了笑道：「你別這麼凶。我一名單身女子出外，爲免被登徒浪子騷擾，只好找看起來正經的人家併桌。我看幾位公子也是好人，應該不會狠心要趕我走吧？」

有的人笑容裡永遠不會有惡意，琉璃就是這種人。她的笑容純淨如清泉，左煒天的敵意在這笑容下不知不覺間消退了不少。

宋仁書看了看四周，果見不少男客人都在暗暗留意著這名嬌俏可愛的少女。可預見只要她一落單，麻煩會接踵而來，便道：「姑娘眞是好計算，這是要拿我們當槍使嗎？」

琉璃甜甜一笑，說道：「公子你言重了，只是希望出門在外，大家能夠互相幫忙而已。」

宋仁書笑了笑，卻並未對眼前的小姑娘放下戒心。手無縛雞之力的書生總比身旁的兩名武者要多一份小心，因爲出事時他能夠保護自己的手段並不多。他道：「只不知姑娘隻身出外，是有什麼要事呢？」

琉璃看了眼前三名男子一眼，悠然地問：「我有沒有詢問公子爲何要外出？爲何要馬不停蹄地趕路？衣著不俗的你們身分爲何？」

宋仁書張嘴良久，才嘆了口氣，回答：「沒有。」

少女拿起菜單，雖然菜單遮掩住她的臉，讓人看不見她此刻的表情，可是仍聽得出話裡帶有濃濃的笑意，道：「那公子為何要問我呢？」

左煒天聞言，毫不客氣地哈哈大笑，就連祐正風也是一臉忍俊不禁的模樣。有誰想得到素以伶牙俐齒聞名的宋丞相，竟會被一名名不見經傳的小姑娘三言兩語便反制得無話可說？

「妳這小姑娘真有意思，這頓飯算我左大爺請妳的，想吃什麼儘管叫，我決定交妳這個朋友。」狂妄地自稱「左大爺」的左煒天，這下可樂了，要知道平常他可沒少受宋仁書的閒氣，偏偏對方弱得一拳便能讓他升天。打不能打，他又不及宋仁書能言善道，現在難得看到宋大才子吃癟，還能不讓左煒天心花怒放嗎？

雖然深知左煒天本就是大而化之的性格，主動結識對方絕無什麼惡意，可念及先前少女所說的「登徒浪子」言論，為免同伴大剌剌的言行引起不必要的誤會，祐正風正想出言為好友澄清意思，怎料眼前的小姑娘卻已興高采烈地頷首說好，不單與左煒天等人互報姓名，隨即更大大方方地點起菜來。

只見琉璃向店小二點的每一道菜，不是要指定加某種配料，就是有其他特定的做法。

「想不到姑娘還是個饕客。」見狀，左煒天的笑意更深了，這名剛結識的朋友似乎比自己所想的要更有趣。

琉璃嫣然一笑道：「左公子請我吃飯，那麼我也要有所回報才行。這些小菜依我的方法烹調出來以後，包準好吃得你們連舌頭也想吞下去！」

明明是她聽到左煒天請客後老實不客氣地點菜，說起來卻像別人佔了大便宜似地。偏偏少女毫不做作的言行不但不惹人厭，反而讓人感到溫暖親切，覺得她可愛得很。

少女點的都是一些製作不算費時的小菜，很快便被店小二送了上來。祐正風拿出一支銀針試過每道菜，並暗地裡察看身旁少女的反應。

琉璃見對方如此小心翼翼地檢驗菜餚時，不禁露出了訝異的神情，但很快便收起驚訝的表情，轉而興致勃勃地觀看祐正風的動作，似乎在她眼中，什麼事情都是有趣的。

宋仁書本等待著少女詢問他們爲何要用銀針試毒，這樣他就能用對方先前那番「我沒問你，你又爲何問我」的話來搶白回去。怎料毒都試完了，琉璃卻仍舊沒有任何出言詢問的意思。結果反倒是宋仁書沉不住氣地問她：「妳不想知道我們爲何要試毒嗎？」

「不想。」眞是既簡單又乾脆的答案。

怔了怔，宋仁書再次說不出話來。

忍不住大笑出聲，左煒天邊笑邊拿起筷子道：「宋仁書呀宋仁書，你竟在我眼前連連吃癟，實在太令人痛快了！」

祐正風則是向少女微微一笑，道：「琉璃姑娘，不用客氣，請起筷吧！」

「不。」琉璃卻沒有任何起筷的意思，只見她泛起了燦爛笑容，輕聲地道：「你應該也看得出我很挑食吧？這家店在菜餚中加了點奇怪的佐料，我不想吃了。」

三人臉上變色，祐正風沉聲詢問：「妳的意思是這些菜餚有毒？」

笑了笑，眼前的少女沒有承認，卻也沒有否認。

「怎會，每碟菜我都試毒過，難道是……」祐正風眼中一亮，抬頭看著少女詢問：「是古玉？」

大多數毒物都可用銀器試出毒性，然而其中只有極特殊的例外，要使用古玉來試毒。

宋仁書連忙把紙扇上的古玉掛飾泡浸在湯汁裡，果見古玉瞬間變得暗沉泛黑，這是沾染上毒物的徵狀。

聽到祐正風的話，這回輪到琉璃驚訝了。她道：「想不到你會懂得如此偏門的方法。」

祐正風回望著少女道：「姑娘又何嘗不令在下感到訝異呢？懂得使用古玉驗毒這種少見的方法，琉璃姑娘，妳必定出身不凡吧？妳能不能爲我們解說一下，到底是如何知曉這些菜餚有毒？」說這番話的時候，這名溫文的男子早已把長劍從劍鞘中拔出。左煒天雖然對琉璃的印象不錯，但他素來以祐正風馬首是瞻，見狀便二話不說，將大刀指向少女。

看到這一桌子都露出兵器了，四周的食客立即作鳥獸散。一些有良心的在走之前還會放下銀兩，可是趁著混亂白吃的人也不在少數。

「這年頭眞是做人難，怎麼別人總是不找正主，卻要來找我麻煩呢？」琉璃無奈地嘆了口氣，隨即有意無意地瞟了正跟著人潮逃亡的店小二一眼。

很快地，飯館的客人都嚇得跑光了。只見一名胖胖的老人猶疑了片刻後，硬是壓下心裡的驚惶，臉上帶著討好的笑意向四人的方向走過來，戰戰兢兢地道：「幾位貴客，若是與這位姑娘有什麼誤會，也請看在老夫的面子上以和爲貴，坐下來好好談好嗎？」

看到客人被他們嚇得跑的跑、逃的逃，祐正風不好意思地向老人笑了笑，道：「閣下是這家飯館的老闆嗎？能否替在下引見一下製作這幾味小菜的廚子？」

老人看到手握武器的二人似乎沒有向琉璃動手的意思，總算在祐正風和善的笑容下放鬆了點，但仍是很緊張地拿出手帕，抹著滿額大汗，道：「是小張的手藝不合幾位大爺胃口嗎？他是這幾天才來的新人，我立即叫他出來向幾位大爺賠罪！」

聽到「新人」二字，祐正風與左煒天對望了一眼，道：「不用了，我們直接過去找他，煩請老闆帶路。」

看了看二人手中的刀劍，老人試探性地伸出手，想接過祐正風手裡的劍：「呃……兩位大俠的劍實在是不適宜帶進廚房，還是由在下代爲保管吧！」

宋仁書哭笑不得地看著老闆一臉緊張的神情，他們似乎已被人誤會爲亡命之徒了吧？就在老闆肥肥白白的手正要碰到祐正風之際，一隻纖細的手突然出現，緊緊握住老人的手腕，只見那名來歷神祕的姑娘笑道：「老闆，我看這幾個人危險得很，你還是不要隨便碰他爲妙。」

琉璃的手相較於老闆那肥厚粗壯的手腕更顯纖細，然而任老闆如何使力，卻無法掙脫琉璃的束縛。顯然這已經不是力量的對峙，這小姑娘對老闆使出了內力。

這個看起來脆弱可欺的少女，竟是名練家子！

老闆仍是在笑，可是任誰都看得出他的笑容已經很勉強，他道：「姑娘好銳利的眼神！」

琉璃嘆了口氣道：「閣下好狠的手段。」

就在左煒天與宋仁書莫名其妙之際，祐正風也嘆了口氣道：「剛才混亂間，我看到老闆拍了拍身邊的店小二，示意他趕快逃離。當時他手中銀光一閃，應是在掌中藏有長針。然而那名店小二卻毫無所覺，顯然針上塗有痲痺對方痛覺的劇毒。」

頓了頓，男子繼續苦笑道：「殺手行事為求逼真，最愛聘用不知情的普通人，事後再下手把人殺掉湮滅所有證據。可你實在不應傷及無辜。本來我並沒有把事情想到老闆你的身上，可這一手卻把你暴露了出來。剛剛你伸向我的手，手指之間隱藏著一枚毒針，要不是琉璃姑娘阻止，我只怕已經步那名店小二的後塵了。」

琉璃笑著眨了眨眼，道：「你不用往我臉上貼金了。既然你已經看破老闆的暗手，那剛才我即使不阻止，毒針也不會招呼到你身上的。說起來，你剛剛把劍指向我，是爲了把老闆引過來對吧？既然如此，我便原諒你們剛才的無禮好了。」

祐正風微微一笑：「殺手見我們沒有中毒，只怕第一時間便想逃走，然後再尋找其他機會下手。只有千日做賊，哪有千日防賊的道理？我也只是想賭一下，看看製造出內鬨的假象，那名殺手會不會上勾。」

左煒天不禁露出一絲讚賞之意，祐正風的沉著與仔細的確是他自愧不如的，只是想不到眼前這名小姑娘也如此細心。

老闆實在後悔莫及，早知道自己的小動作已被這對年輕男女洞悉，他趁亂跑掉就好了，幹嘛還自動送上來？

撇下商人那和氣生財的笑容，滿臉的猙獰讓他看起來好像換了一個人似的。只見老闆看也不看用武器指著他的兩名青年，卻衝著琉璃冷冷問道：「妳到底是誰？爲什麼要壞我好事？」

要知道左右將軍年紀雖輕卻成名已久，對於江湖上的門道眉角可謂瞭如指掌。老闆很清楚若要暗殺他們，使用尋常毒物必定無法成功。於是他花了不少心血才找到這種毒；雖然此毒珍貴稀有，要尋找實在費了他好一番工夫，但勝在無色無味，亦無法用銀具查探。

誰知道本以爲萬無一失的盤算，卻不知從何處走出了這麼一名少女，將他完美的計畫全盤打亂。

「這可不是我存心破壞你的好事耶！明明就是你在我的食物中加了東西，難道還要我不說出來，傻傻地將被下料的飯菜吃進肚子裡嗎？」

琉璃反駁的瞬間，老人的手卻倏地往前一抓，想把少女抓起來當人質。他的動作很快，還趁著對方分神說話時出手，本想著絕對能把這名壞他事情的少女手到擒來，卻見琉璃用著不亞於他的速度迅速後退，如此相近的距離他竟然失手了，最終只能在少女手臂上抓出一道淡淡血痕。

見老人用來當武器的雙手指頭泛著紫黑的詭異顏色，祐正風穩重的臉不禁變了顏色，道：「你的指甲有毒？」

老人狂妄地笑道：「雖然妳這丫頭把我暴露出來了，不過老夫慈悲，要是妳現在下跪向我叩頭道歉，說不定我會心軟把解藥贈予妳。」

老闆眞是恨死這個壞他好事的小姑娘，要不是須以解藥來牽制對手以求全身而退，他絕對不會使用這種毒發緩慢的毒藥，而是改爲使用見血封喉的劇毒來招呼她！

不過即使如此，他也不會讓琉璃好受。雖然中了這種毒藥的人離死亡還有一段時間，可是中毒者不但會全身乏力，更會奇癢無比，這種感覺可謂比死更加難受。

怎料老闆狂妄的話一出，隨即便是一道燦爛銀光。他還未弄清楚怎麼一回事，右肩的劇痛已說明他被人一劍刺中了。隨即「叭啪」一聲，卻是他的右臂被齊肩削斷，掉落在地的聲音。

按住血流如注的傷口踉蹌後退，老人淒聲威脅道：「妳不要解藥了嗎？」

他怎樣也想不到，攻擊他的人竟是中毒的琉璃！

少女手中滴著鮮血的武器與其說是劍，倒不如說只是片薄薄的鐵片，不算銳利的鐵片尾部纏上布條，權當劍柄使用。這劍看起來像是小孩子的玩具，可是在那貫注了真氣、快如閃電的劍法下，竟成了異常可怕的武器。

琉璃嫣然一笑，道：「雖然我不像你那樣全身是毒，可是這世上能殺死我的毒物恐怕不多。」

老人苦笑道：「作為一個殺手，老夫十歲出道，手下亡魂無數，卻想不到最後竟是栽在一個小丫頭手上。」

褪下凶惡神情的老闆，看起來就像個和善慈祥的老人，此刻自嘲自怨之下，卻讓人忍不住生起一絲惻隱之心。

祐正風等人並沒有出手，在他們的戒備下，這個殺手插翅難飛。因此三人倒是想看看這名女孩到底能做到什麼地步，是否會在殺手的巧言下心軟。

琉璃聞言甜甜一笑，雖然少女的笑容依舊純真又開朗，但此刻她的態度愈是和善，卻愈是讓人抓不準她心裡所想，令敵人不由自主地驚疑不定。

只見琉璃用清脆動聽的聲音說道：「雖然你向我下毒，不過本姑娘慈悲，要是你現在下跪向我叩頭道歉，說不定我心軟之下會把解藥贈予你。」

前一刻才從老人口中說出來的話，此刻再由少女口中說出，這是多麼諷刺又滑稽的一件事，就連老闆本人也忍不住苦笑起來。

怎料老人的笑容浮現不到兩秒，笑臉卻霎時變得僵硬。瞳孔一瞬間擴張，白淨的臉孔亦同時泛起一陣恐怖的紫青色。笑容定格在老闆臉上，看起來非常詭異。

下一刻，老人便直直倒了下去，斷了氣。

氣定神閒旁觀著的三人大為吃驚，原本他們還希望能從殺手口中找出想要暗殺他們的幕後主腦，但現在唯一能問出線索的對象卻倏地倒下。只見學識淵博、本身便是名出色大夫的宋仁書立即衝上前察看，卻發現老人已經徹底死透了。

「妳的劍有毒？」左煒天瞪著那片平平無奇的鐵劍，這是他所能想到的唯一解釋。

此時，面對任何事總是笑嘻嘻、毫不在意的琉璃，俏麗的小臉上首次浮現驚訝之色。只見她搖了搖頭，道：「劍上沒有毒，斷臂也一時半刻危害不了性命。」

「又是自殺吧？他既能將毒藏在指甲內，也能藏在牙齒中，這是職業殺手的做法。」宋仁書扳開老人的口，裡面果然有著一顆來不及吞下的假牙，牙根處還殘留著一點點毒液。

眾人嘆了口氣。自他們從宮殿起程後不知遇過多少次或明或暗的攻擊，每當敵人被抓後，便會用各種方法自行了斷，令他們至今仍對幕後主使茫無頭緒。

既然暫時無法查出敵人的身分，那就只能等待對方再次發動攻勢了。先將此事放到一旁，祐正風轉向身旁少女，換上慎重的表情：「感謝琉璃姑娘相救。」

琉璃笑了笑，裝模作樣地向祐正風拱了拱手，道：「不敢，小女子並沒有幫過公子什麼忙，更遑論『相救』二字，祐公子你言重了。」

祐正風是老實人，一時間倒是不知該拿這個神祕少女怎麼辦。宋仁書卻早已耐不住反駁道：「妳不是警告我們食物有毒嗎？」

琉璃吃吃笑道：「我從沒說過飯菜有毒，說是警告什麼的實在不敢當。」

青年聞言怔了怔，仔細想想的確如此，宋仁書不死心地續道：「那麼大哥那次又怎麼說？妳不是阻止了殺手對他的暗算嗎？」

指了指祐正風手中的劍，琉璃再次將事情推得一乾二淨：「你誤會了，我看祐公子拿出劍來，我怕老闆有危險耶。」

雖然明知琉璃只是在強辯，但宋仁書卻對她無計可施，道：「好吧！且不說妳這次救我們是巧合還是故意的，妳到底是什麼人？」

琉璃驚訝地睜大雙目，道：「宋公子，我是琉璃呀！你那麼快便忘了？」

「……」

「那敢問琉璃姑娘芳齡多少？祖籍何處？家有何人？師承何方？」忽然笑著發言的左煒天一番話可謂無禮至極，然而再無禮也不及他接下來掛著放肆笑容所說出來的一番話，他道：「最重要的是，姑娘可曾婚配？我實在覺得妳能夠讓這呆子連連吃癟，要是能配成一對，絕對會很好玩！這呆子雖然有點呆，但人卻不錯，妳考慮一下吧！」

左煒天雖然既狂妄又無禮，說起話來更不饒人，可是這種男人對女孩子來說，卻有一種特別的魅力。雖然琉璃並沒有對其一見傾心，但少女確實很欣賞對方的爽直。

「二弟！」祐正風嚴肅地瞪了左煒天一眼，讓青年訕訕地閉上了嘴。

令人大感意外的是，琉璃並沒有如眾人猜測般勃然大怒，就連嬌羞的神情也沒有。只見少女連珠砲地一口氣回答了所有問題，道：「小女子芳齡十五，祖籍在東方清河縣，父母雙亡。至於婚配……嘻嘻！小女子並未婚配。」爽爽快快地回答著的少女簡直是有問必答，說到婚配問題時，還俏皮地向宋仁書眨了眨雙眼，讓青年尷尬得紅了臉。

「至於師承，家師曾交代若有人詢問，我便隨意推一個門派出來搪塞就好。可是我並不想向左公子撒謊，因此……」少女說到這裡，忽然笑了笑，便閉嘴不語。

「因此什麼？」左煒天被少女那一堆回答弄得頭昏腦脹，見對方說到一半忽然停了下來，便下意識地反問。

看到左煒天吃癟，這次幸災樂禍的人換成了宋仁書。只見他搖著手裡的紙扇，哈哈大笑道：「這不是很明顯了嗎？琉璃姑娘不想對你撒謊，可是卻礙於師命難違，因此只好閉上嘴巴，不說話了。」

原來沉默是金呀……這招眞絕！

看對方要問的都問過了，琉璃攤了攤手，道：「幾位公子如果沒什麼問題，請容許我告退了。只因我並不像幾位公子般大有來頭，像我這種無權無勢的平民，還是早點離開這個鬧出人命的凶案現場爲妙。」

說罷，少女拱了拱手，身影一閃便從窗戶掠出，下一刻已不見蹤影。

第二章　新任神子・姚詩雅？

這個孤傲的男人為了見姚詩雅一面，
不知忍耐了多少輕視與侮辱，
怎麼現在有機會進去，他卻反而要離開了？

琉璃簡直就像計算好時間似地，她才剛離開，衙門的捕快便出現了。

對於那名彷彿洞悉一切的少女說走便走，還留爛攤子給他們處理，左煒天有點不甘心地詢問：「呆子，你怎麼看？需要我把她追回來嗎？」

「琉璃姑娘也算得上是我們的救命恩人，只要她不肯說，我們根本拿她無可奈何。何況她看起來對我們並無歹意，現在我們最重要的任務是把下任神子迎回碧華殿，不宜多生事端。若琉璃姑娘眞的與此一暗殺事件有關，那我們將來還是會遇上吧，也不急在一時。」宋仁書搖搖頭，並順勢拉出一張桌布，將死狀恐怖的屍體蓋住。那些已經知悉三人身分的捕快們見狀，露出無奈的神情，卻又礙於宋仁書的身分不敢說話。

話說那屍體他們還來不及多看兩眼便被桌布遮掩住。丞相大人厭惡屍體死得醜，特意用桌布蓋著，誰膽敢作主將布拿開？這倒好，仵作連必要的程序也可以省掉了。

看到左煒天似笑非笑的神情，宋仁書秀氣的臉龐不由得一紅，強辯道：「我不是害怕才這樣做，我只是給予死者應有的尊重！」

剛與捕頭交代過事情經過的祐正風露出溫潤如玉的笑容，體貼地轉移話題，道：「可惜這些殺手只要被擒，便會用各種方法立即自盡，至今我們所得到的線索實在太少了。只求依照紫霞仙子的預言到達東方後，能夠順利將新一任神子迎接回宮殿便好。」

現場既然已有捕快接手，三人便再度踏上旅程。

□

離開了飯館的琉璃在大街上悠閒地走著，靈動的眼眸東張西望。即使是再平凡不過的街道，到了少女眼中卻彷彿成了引人注目的有趣場景。

琉璃的眸子機靈靈一轉，隨即倏地停下前進的步伐，調頭往飯館方向折了回去。

此時發生命案的飯館已被查封，四周圍滿了看熱鬧的平民。少女提氣一躍，無聲無息地從一扇打開的窗子潛入，並藏身於橫梁上，過程中完全沒有驚動守在飯館裡的捕快。

把身子藏好後，琉璃便探頭觀察著飯館的動靜。正好看到身下數名捕快忽然一聲不響地倒在地上，同時躺臥在地上的屍體卻動了！

覆蓋在屍首上的白色桌布被掀起，露出了老闆那褪去紫青色的臉。只見老人看了看地上昏迷不醒的捕快，露出奸狡而猙獰的笑容。

這名殺手並沒有真的服毒自盡，他是裝死的！

直至老人離開了飯館，琉璃才從橫梁上躍下。少女先是察看捕快的狀況，發現他們只是被迷暈，並沒有中毒的徵狀，便不再理會，轉而興致勃勃地看向殺手逃離的方向……

□

轉往別的飯館吃了一頓豐富的午飯後，祐正風等人並沒有在這座小鎮逗留，補給了一些食水，便繼續趕往目的地。

花月國的東部是永恆的春天，柔和的暖風熏得這三名剛吃飽喝足的青年昏昏欲睡。

「希望我們的猜測沒錯吧！我實在沒力氣從頭尋找一次了。」宋仁書悶悶地說道。這一路上除了馬不停蹄地趕路，明裡暗裡的攻擊更是從沒停過，這讓身為文弱書生的宋仁書好幾次差點丟了小命。要不是丞相作為「神使」迎接神子是歷代傳統，他實在不想跟過來活受罪。

若是此行的目的地有誤，他眞的不知道自己還有沒有耐力再多挑戰一次了。

「大哥，人是你找到的，你直說就好。」左煒天的目光越過眼前的景物直接看向東面，那是他們將要到達的目的地。「那位姚詩雅姑娘是預言中的下任神子這件事，你有多少把握？」

沉默了一會兒，祐正風略帶猶疑的嗓音從後傳來，道：「老實說，只有一半的把握。」無視於宋仁書的哀號，青年繼續用沉穩的聲音不疾不徐地說道：「生於東部的姚姑娘家族世代經營珠寶生意，是聞名當地的大財主，與預言中的『寶石』一詞相符。而她的名字『詩雅』，也與預言所說的『雅致的詩意』吻合。再根據民眾的說法，配合神力墜落的範圍猜測，這位姚姑娘是下任神子的機會很大——要是紫霞仙子的神力並沒有一分爲二的話。」

說到失蹤的紫霞仙子，左煒天瞬間握緊了拳頭。他眞的恨死自己當時不在碧華殿裡，不然即使拚著與鬼王同歸於盡，他也必定要保護好紫霞仙子！

只見祐正風續道：「但是姚詩雅姑娘並未符合全部預言，預言所說的『雅致的樂曲』至今仍令人茫無頭緒。因此對於下任神子的猜測，我的把握只有一半。」

「應說是『本來就只有一半』，對吧？」宋仁書依舊懶懶地趴在馬背上，然而丞相的最大武器在於那顆聰明的頭腦，不雅的舉動完全無損敏捷思維的運作，他道：「即使先前只有一半的機會，可是經歷了這一連串的暗殺事件以後，我認爲將可能性提高至七成也不爲過。」

說到在這段旅程中所遭遇的攻擊，左煒天便怒不可遏：「這些殺手一定是鬼王派來的刺客。眞卑鄙！先趁著神子大人回天之際把她抓作人質，現在又阻撓我們迎接下任神子，就是不敢與我們明刀明槍地對決！」

「可是我認爲此次的主謀並不是鬼族。」有別於怒氣沖沖的左將軍，祐正風冷靜地提出了相反的意見。

「我也這麼認爲，手法並不像。」宋仁書點頭附和，當時只有他在場，神子看到鬼王的瞬間，根本就是毫不猶疑地迎了上去。然而事關重大，更涉及紫霞仙子的清譽，在找到決定性的證據前，他對此事只能三緘其口。

其實細心一想，鬼王爲了一名毫無威脅的神子，冒著失去千年道行爲代價，也要將其擄走作人質，這事情本來便已經非常奇怪。假設宋仁書是鬼王，既然已經成功入侵碧華殿內部，更碰巧遇上左右將軍俱不在宮裡的大好時機，他要搶奪的絕對會是神子仍未轉遞的神力，而不是紫雨煙本人。

而且憑鬼王的能力，紫霞仙子真的能在他的眼皮底下成功將神力傳遞出去嗎？

「可惡！到底是怎麼一回事呢？」愈是想得深入，宋仁書便愈是有種墜入五里霧的感覺。鬼王奇怪的舉動、一分爲二的神力、身分未明的下任神子，以及一連串來歷不明的暗殺……或許，花月國將要變天了也說不定。

「天氣那麼好，這位兄台怎麼一副哭喪著臉的表情呢？」宋仁書的思緒瞬間被打斷，三人看向聲音來源處，正來自一名本在大樹下打瞌睡的年輕男子。縱使這名青年從一開始便身處樹蔭下，以至造成視覺上的盲點，但若對方只是普通人，以祐正風與左煒天二人敏銳的感知，不可能察覺不到有人在那裡。也就是說，這名說話的青年是故意隱藏自身的氣息，而且實力絕對不低！

這名青年非常俊美，可惜渾身散發著生人勿近的冰冷氣息。尤其他那雙充滿侵略性的眸子，只要與他的視線對上，便會有種心驚膽顫的感覺，忍不住想要將視線錯開。

看到對方警戒的表情，青年冷笑道：「放心吧！殺人的時候，我向來都是光明正大出手，就像現在這樣。」

只見青年從草地上站了起來，手上正握著一柄青黑色的長劍。墨色的劍刃散發出陣陣充滿邪意的寒氣，這是沾染過無數鮮血的妖劍才會有的氣息。

又是殺手？只是這次的殺手與先前那些人相比，明顯高出了數個級別。看他散發出的銳利殺氣，可以預想隨之而來的會是一場惡戰！

在左右將軍拔出武器與青年對峙之際，宋才子卻很沒義氣地退出了戰線。身為文官的他留下來也只會成為累贅，倒不如遠離戰場，讓祐正風他們能夠更好地發揮實力。

相較於宋仁書的一臉緊張，個性穩重的祐正風倒是相當鎮定地打量著對方的武器，道：「是一把好劍，可惜邪氣太重了點。」

青年咧嘴笑道：「只要是能殺人的好劍就行了！」

「那麼，你現在是要殺人了嗎？」祐正風臉上展現的依舊是讓人如沐春風的微笑，輕柔地詢問。

「如果你們的目的地是姚府，那只得用你們的鮮血來祭我的劍了。」

青年的話才剛說完，對峙著的三人瞬間動了起來。宋仁書緊張地注視著戰場，他很清楚只要雙方一動，便會有人見血倒下！

怎料就在這電光石火的瞬間，一個人影從大樹上掉下，正好跌在雙方正中央的位置。

突然其來的變故，讓正要短兵相接的雙方迅速分開，看清地上人的臉孔以後，就連一向沉靜的祐正風也不由得露出吃驚的神情。

倒在地上的，竟是那名早就在飯館中自盡身亡、使毒的老闆！

「怎麼才逃過一場危機，現在祐公子又要再陷進去呢？」笑語盈盈地坐在樹枝上盪著雙腿的少女，有別於羞答答的姑娘家，她舉止很隨意、笑得很輕鬆。看她那副瀟脫隨意的模樣，彷彿就算天塌下來也不在乎。

竟然是那個陰魂不散的小姑娘，琉璃！

「妳在跟蹤我們嗎？」左煒天皺起眉頭質問。

琉璃笑嘻嘻地道：「我才沒有跟著你們，我尾隨的是他。」說罷，少女指了指躺在地上一動也不動的人，只見老人除了眨動著的雙眼以外，渾身動彈不得，顯然早已被琉璃點了穴道。「明明是已經死掉的人，卻還到處害人，這不是很有意思嗎？因此我就跟來了。」

陌生青年的震驚不下於祐正風等人，道：「這個老胖子是什麼人？還有這女的又是誰？」

他本以爲這名突然出現的少女是祐正風等人的援軍，可是看到三名青年驚訝的表情卻又覺得不像，何況還有那名倒在地上的胖子……事情變得如此怪異，他怎麼打得下去!?

聽到青年的詢問，左煒天驚訝地反問：「你不是與這殺手一路的嗎？」

靜默了片刻，所有人都將視線投放在琉璃身上。「到底是怎麼回事？」

聳了聳肩，琉璃慵懶地道：「你們先自我介紹。」

咦？

雙方大眼瞪小眼好一會兒，最後還是那名攔路的神祕青年率先開口：「在下葉天維，是詩……是姚家二小姐的朋友……」

祐正風三人聞言倒抽一口氣，葉天維奇怪地看了他們一眼後續道：「不久前姚姑娘身中劇毒，所幸及時服了一枚姚老爺生前偶然所得的靈藥，才保住了性命。雖然性命勉強保下了，可是餘毒卻無法徹底清除。既然姚姑娘未死，那麼下毒的人必定會再有所行動，因此我便埋伏在這條進入姚府的必經之路。我看兩位身手不弱，而且言行可疑，所以……」

祐正風吁了口氣，並感激地看了琉璃一眼。要是他們眞的打起來，不論結果如何，都只會讓眞正的敵人有機可乘。

葉天維這番話說得坦蕩，何況姚府就在不遠處，萬一這是謊話，也很容易拆穿，因此祐正風等人決定暫時相信葉天維。當然在確定眞僞以前，基本的警惕還是有的，但至少已沒有先前的劍拔弩張。

危機解除以後，宋仁書一臉若無其事地回到同伴之中，並承擔起外交的重任。

葉天維不禁挑了挑眉，剛剛慌張無比地逃離戰場的人，瞬間便變成風度翩翩的俊俏書生，對方過於迅速的轉變，令青年有點適應不良。

「在下宋仁書。這兩位是護國將軍左煒天，以及祐正風……」

聽到宋仁書的介紹，這回變成葉天維倒抽一口氣。只因眼前這三人實在太有名了，即使他們只是報上姓名，葉天維也聽說過對方的身分。

成功讓葉天維露出驚訝的神情，宋仁書心裡有種扳回一城的小得意，繼續道：「由於姚家二小姐詩雅姑娘與前任神子預言的繼承人條件吻合，因此身為神使，我們三人便親自到姚府進行查證。然而，旅途中不停出現想要取我們性命的殺手，因此看到葉兄攔路拔劍時，便誤以爲葉兄是殺手之一。如果我沒有猜錯，姚姑娘中毒的時間應該是今天中午過後，對吧？」

葉大維訝異詢問：「你怎麼知道!?」

宋仁書闔上手中紙扇，指了指地上的殺手道：「因爲中午我們在飯館進餐時，這個殺手僞裝成老闆在我們的飯菜裡下毒，後來被識破後更假裝自盡逃脫。正巧姚姑娘在這名殺手逃離以後中毒，那……」

「原來如此，姚姑娘的毒也是你下的吧？」葉天維頷首示意了解，隨即踢了動彈不得的胖子，冷笑道：「利用姚姑娘的性命來引導我們自相殘殺，真是好狠的手段、好毒的心腸！」

由於想留下活口，因此葉天維下手很有分寸，雖然沒有取其性命，可單是聽那「砰砰」的悶響聲，卻是令旁觀的眾人心驚肉跳，也不知道殺手到底被踢斷掉了多少根肋骨。當老人被葉天維踢得翻過去時，青年似乎還覺得看不見表情不夠過癮，彎腰便想把殺手再度翻過來。

「等等！」琉璃見狀，輕輕巧巧地從樹上躍下至葉天維身邊，捉住了他正要觸碰胖子的手。

「怎麼了？」本就滿身殺氣的青年一臉不悅，更因動作遭到阻止而浮現一抹陰狠的神色。卻在看見那名自始至終都是笑嘻嘻的少女露出凝重神情時愣了愣，最終還是聽從對方的話，將手放下。

「不對勁。」琉璃皺起眉，彎腰從地上撿起一根樹枝道：「我沒有點他的啞穴，可不要說是求饒聲，葉兄狠狠踢了他那麼久，對方也完全沒有發出痛哼，我並不認爲他是個如此有骨氣的人。」

只見琉璃拿起樹枝戳了戳老人的身體，那厚重的肥肉竟在樹枝的壓力下流出黃色臭水。少女用樹枝把人翻過來，殺手完全收縮不動的瞳孔訴說著對方已經死去的事實。

「結果這次他是眞的服毒自殺了呢！」宋仁書喃喃說道。

地上的野草一觸及屍體流出的黃水便立即枯萎——這些屍水竟也帶有劇毒。左煒天見狀皺起了眉道：「這傢伙就連死後也要害人。」

「可是他這樣一死，詩雅的毒豈不是解不了了嗎？」關心則亂，葉天維並沒有發現自己脫口而出的話裡，正親暱地直呼著姚家二小姐的名字。

本來葉天維願意留在這裡攔截毒害姚詩雅的凶手，已可看出這名青年與姚家二小姐非常友好。再加上對方如此親暱地把「詩雅」二字脫口而出，便顯出二人關係非比尋常，這讓祐正風等人對望了一眼，眼裡閃過一絲興味。

「放心，無論她中了什麼樣的毒，我也不會讓她死，她的毒我能解！」琉璃輕聲說著，此刻她臉上浮現出很複雜的神情。當眾人想再確認時，少女清麗的臉龐卻又再度掛上一貫的靈動笑靨。

葉天維聞言，臉上立即流露出狂喜的神情，道：「既然如此，煩請姑娘隨行往姚府一趟。」

祐正風凝望著琉璃，他那正直的眼眸中並沒有令人不快的懷疑與猜忌，只是很直接、很單純地映照出內心的疑惑，道：「怎麼妳總是愛管閒事呢？要知道一個不小心，可是會引火自焚的。」

「你不覺得這件事疑點重重嗎？」琉璃興致勃勃地回答：「很不巧，尋根究柢本就是我的嗜好。」

在葉天維的帶領下，祐正風三人再加上一名愛管閒事的少女琉璃，一行五人用著最快的速度直奔姚府。

大宅內的氣氛非常緊張，光是大門便已有十多名護院看守著。琉璃等人剛出現，立即引起一眾護院的注意。

看到人群中的葉天維後，守門的護院立即露出輕蔑及不耐的神情，只見其中一名看似領頭的中年男子冷冷地道：「葉公子，夫人不是說過了嗎？小姐是不會見你的。你還是盡早找位『門當戶對』的妻子傳宗接代，以慰葉老爺在天之靈吧！」男子說到「門當戶對」四字時還特意加重語氣，其中幾名護院更是毫不客氣地對著葉天維大笑。

只見葉天維在眾人的恥笑聲中握住了繫在腰間的長劍，青年握劍的手如此用力，就在眾人都以爲他要出手的時候，葉天維卻彷彿用著全身力氣壓抑怒氣般，慢慢鬆開了劍柄上的手。只是渾身冷冽的殺氣卻像狂風般捲繞在他的四周，頓時嚇得幾名本在大笑的護院沒了聲音，嘴巴全都維持著大笑時的表情大大張開，看起來很是滑稽。

看到葉天維鬆開手，祐正風不禁吁了口氣。雖然由於琉璃的阻止，他們最終並沒有眞正交手，但同爲高手，祐正風仍能感受到葉天維的強大。若他眞的發起狠來，只怕眼前這些護院便要血濺當場，再也笑不出來了。他可不希望還未進姚家大門，便與對方結下梁子。

然而生性狂傲的左煒天卻是一臉不夠過癮的表情，他可是滿欣賞葉天維的，看到他被人如此奚落，不免也是心裡有氣。

「我只是帶路人。」說罷，葉天維便不再理會呆站在大門前的護院，以及身後的琉璃等人，逕自轉身離開，孤獨的背影彷如一頭離群的野狼。

「喂！你不進去看看她嗎？」宋仁書朝男子的背影大喊道。從護院的隻字片語中推測，這個孤傲的男人爲了見姚詩雅一面，不知忍耐了多少輕視與侮辱，怎麼現在有機會進去，他卻反而要離開了？

然而葉天維前進的步伐卻沒有因宋仁書的話而停留，很快地便消失在眾人的視線外。

「我想葉公子只是想確認姚姑娘的狀況，現在有我們在，他也就沒必要進去了。」琉璃笑了笑道：「何況他是那麼驕傲的一個人，大概是不想依靠我們的關係進入姚府吧？」

第三章　姚府

「我曾經有個妹妹……」

「是爹與二娘所生、我同父異母的妹妹……姚樂雅！」

葉天維離開以後，祐正風便向護院的領頭表明身分。得知眼前幾名年輕人竟是從碧華殿來的神使後，一眾護院的態度立時來了個大轉變。在護院的通報下，姚府管家幾乎是奔著出來迎接，滿載著討好奉承的熱情將眾人迎進屋裡。只可惜他們那勢利的一面早就讓琉璃等人拜見過了，此刻這種討好的態度只會益發顯得他們虛僞。

「怎麼辦呢？我已經討厭起這兒來了。下人這副樣子，可以預想主人也好不到哪裡去。」宋仁書向滿臉奉承的管家回以一個假笑後，用著只有身邊人才能聽到的聲量小聲嘀咕。

「同感。」左煒天這次沒有和他唱反調，難得與宋才子意見一致。

嘆了口氣，祐正風的臉上也不禁出現憂心忡忡的神色，道：「只希望姚家二小姐的性子不要太糟糕才好。」

「聽說姚老先生早在多年前病逝，姚家一直是由夫人掌管。姚夫人的商業手腕比她的丈夫有過之而無不及，兩位千金姚紫雅及姚詩雅更是國色天香。幾位身分尊貴，待姚夫人出來以後，會迫不及待地向幾位推銷她的女兒也說不定呢！」氣定神閒地喝了口茶，唯一對下任神子的優劣全無緊張感的琉璃邊說著姚家的情報，邊惡劣地恐嚇身旁三人。

「順帶一提，傳聞依照姚家族譜，姚家大小姐本該不是取名爲『紫雅』這個名字，只因姚夫人羨慕紫霞仙子的神子身分，認爲『紫』字吉利，便把長女的名字改爲『紫雅』，『詩雅』二字則順延給了二女兒使用，以求長女將來也能如紫霞仙子般貴不可言。可聽幾位的告知，偏偏預言卻是命中了『詩雅』這個名字，這事還眞是諷刺。」

「妳怎麼知道？」

「當時姚夫人還因爲這事與她的丈夫吵得很凶，弄得街知巷聞。大概是收集情報的人員覺得這只是雞毛蒜皮的小事，所以沒告訴你們吧？」

琉璃的話才剛說完，內堂便走出一名穿金戴銀、衣服花俏得不得了的老夫人。一名長相嬌艷的少女羞答答地跟隨在姚夫人身後，不用猜便知道這就是姚家的大小姐——被她的母親特意改了名字的姚紫雅。

幾秒前才聽完琉璃的一席話，三人內心頓時警報大響，看也不敢看美麗動人的姚姑娘一看，深怕回程時會莫名其妙多了一名妻子同行。

「不知道貴客遠道而來，有失遠迎，還請多多包涵。」姚老夫人說了幾句客套話，笑容說有多燦爛便有多燦爛。這讓琉璃忍不住擔憂起來，深怕姚夫人臉上的厚粉會笑得裂了開來，然後如初雪般一片片落下……

還好姚夫人臉上的粉就像用糨糊黏上去似的，不論她怎麼笑仍是文風不動，簡直比面具還要牢固！

姚大小姐紫雅則是嬌滴滴地來回看了三人一圈後，便將視線定在長得最爲俊美的宋仁書身上，鎖定了目標般連連發動攻勢道：「素聞宋公子第一才子的美譽，民女早已景仰多時，更是從小便立志要找一名如宋公子般出色的夫君。今日一見，宋公子的風采果眞奪目呢！」說罷，便揚了揚手中的繡花手帕，狀甚羞澀地遮掩住一半的俏臉，然而眼神卻是恨不得撲過去把宋仁書吃乾抹淨的樣子。

對方餓狼般的眼神實在令宋仁書難以消受，青年受不了地把求救視線投往兩名兄弟身上，卻發現他們根本就沒有任何想拯救他脫離苦海的意思——姓祐的臉上是一副慶幸對方看不上自己的模樣；姓左的更氣人，完全是幸災樂禍地看好戲的神情！

「想不到姚姑娘原來實際上年紀尚幼，看起來比我大上幾歲只因長得顯老。」姚紫雅假，琉璃卻更假，少女裝作不好意思地輕咳一聲，還是把每個女人聞之色變的「老」字說了出口。

「這位姑娘是？」老夫人早就注意到這名長相甜美的小姑娘了，雖然琉璃的相貌比不上女兒艷麗，但也算得上中上之姿，一雙大大的琥珀色眸子猶似一泓清泉，臉上甜甜的酒窩更爲她靈動的氣質添上一份女性的嬌美。若她是宋仁書的意中人，對於姚紫雅來說倒也是個勁敵，還是先問清楚爲妙。

「小女子琉璃，老夫人放心好了，我既不是這位宋才子的家眷，亦不是左右將軍的什麼人，礙不著姚大小姐什麼的。」不留情面地將姚夫人心裡的顧忌及計算大聲說了出來，看到老夫人和善的臉閃過一絲陰狠，琉璃揚起嘴角續道：「雖然小女子只是名無關緊要的平民，可在場的人之中只有我能解二小姐體內的餘毒，因此老夫人還是對我客氣點好，可不要翻臉把我趕出去喔！」

「當然不會、當然不會，過門也是客嘛！」姚夫人不愧為老狐狸，笑容可掬的表情一直沒有變過；得知琉璃與宋仁書沒有任何關係以後，不由得暗暗鬆了口氣，隨即忍不住詢問：「只是姑娘說小女顯……老……到底是什麼意思？」

看了看再次受到同一個字打擊的姚紫雅，琉璃嫣然一笑：「宋才子成為花月國丞相時間尚短，在此以前他一直侍奉在紫霞仙子身旁名聲未顯，姚姑娘卻『早已景仰多時』，更『從小』便立志要找一名如宋公子般出色的夫君。也就是說，她現在其實還很年幼，長成這樣子只是因為外貌顯老對吧？」

姚夫人聞言只得乾笑幾聲。

誰都聽得出「景仰多時」云云只是姚紫雅的客套話，然而琉璃就是愛抓著這些語病來大作文章，姚家母女卻還是拿她莫可奈何。難道姚紫雅能夠承認那只是她隨口而出的奉承話嗎？結果只能默認是自己長得顯老囉！

「幹得漂亮！」宋仁書看到姚紫雅白皙的臉龐已氣成了豬肝色，暫時沒心情再糾纏他，便以眼神無聲讚揚少女的見義勇爲。

「你可要記著我的好呀！本小姐是不做白工的。」俏皮地笑了笑，琉璃回過去的眼神如此說道。

於是宋仁書便翻了翻眼，一副「我就知道」的表情。

無法再忍受二人眉來眼去，姚紫雅立即堆上滿是關切的虛僞表情，道：「請問姑娘能盡早爲詩雅妹妹解毒嗎？她看起來很辛苦似地，我這個姊姊卻無力爲她做什麼，我……我……」說到這裡，哭成淚人兒的姚大小姐便撲倒在宋仁書懷裡，害對方整個人瞬間僵硬起來，手也不知該往哪兒擺才好。

琉璃見狀忍不住癟了癟嘴。看姚紫雅勾引男人時那副志在必得的樣子，表現得那麼起勁、那麼開心，什麼姊妹之情大概早就不知飛到哪裡去了。

雖然對姚紫雅的虛情假意很不屑，但琉璃還是知道輕重的。因此她並沒有拒絕姚紫雅的請求，頷首道：「請帶路。」

擱下不許任何人打擾的指示，琉璃便進入姚詩雅的閨房。看著因餘毒而昏睡在床上的姚詩雅，琉璃不禁暗暗嘀咕，那個姚大小姐不要說爲中毒的妹妹憂心，她不妒恨對方便已經很好了。

床上的少女長得清麗脫俗、氣質高雅，肌膚嬌嫩勝雪，竟是出落得比美艷的姚紫雅更美上幾分。然而姚詩雅的美卻是婉約而不帶刺，是那種會讓人想去呵護憐惜的美麗。

眾人本以爲解毒需時，怎料琉璃卻在把脈以後，只取出一顆散發著清香的不知名丹藥給姚詩雅服下，然後等待藥力發揮便完事了。

在少女取出丹藥時，懂醫理的宋仁書再三檢視過丹藥的藥性，確定即使無法解毒，也不會對姚詩雅有害處，這才放心讓少女服下。過程中，琉璃只是笑嘻嘻地看著，倒沒有因他們的不信任而表露出任何不悅之情。

待丹藥的藥效發揮得差不多，琉璃便再度爲姚詩雅把脈，少女臉上輕鬆的笑容讓緊張的眾人不禁也跟著放鬆下來。「二小姐體內的餘毒已經全數清除，不過因爲受到毒素的傷害，她的身子變得較爲虛弱。一會兒我會再拿一帖固本培元的藥方給她調理一下身體，大約吃上一個月便能回復。」

不久前才哭訴著有多擔心妹妹的姚紫雅，聞言只是冷漠地勾了勾嘴角。至於老夫人，倒是開懷地笑了——那是一種因値錢商品失而復得，故而欣喜的燦爛笑容。

姚詩雅昏睡期間，祐正風等人已將紫霞仙子的預言，以及旅途中眾人多次遭遇暗殺襲擊等事詳盡告知姚夫人。

即使得知女兒性命正受到威脅，可是姚夫人還是聽得眉開眼笑。她一直羨慕著紫霞仙子的尊貴，不然也不會特意更改大女兒的名字。雖然神力並沒有降臨到她最疼愛的大女兒身上，然而這榮耀卻降臨在姚詩雅身上，也是姚家之幸了。

姚家兩名女兒長得國色天香，姚夫人本就打算把她們許配給權貴，以提高姚家地位。然而不同於姚紫雅的積極，小女兒總是一副自命清高的樣子，更認定了家道中落、自小指腹爲婚的葉天維。

姚詩雅雖然看起來文雅嬌弱，卻很有主見，認定了的事情即使十頭牛也拉不回來。即便姚家已把婚事退了，但姚詩雅對母親重新替她安排的婚事卻抱持堅決拒絕的態度，更表明非葉天維不嫁，眞是差點把她這個當母親的氣死了。

現在這個讓她煩惱不已的不孝女，竟有可能成爲新一任神子統治國家，對於野心極大的姚老夫人來說，怎能教她不笑逐顏開呢？

至於女兒的安全……總而言之，成爲神子以後，姚詩雅自有護衛保護，也輪不到自己這個媽來操心。只要姚詩雅登基後，能夠讓姚家的地位跟著水漲船高就可以了。

看到眼前這對母女在聽聞事情始末後，老的笑得閤不攏嘴，嫩的卻是一臉遮掩不住的嫉妒，竟沒有人爲姚詩雅的安危表現出絲毫擔憂。祐正風三人對望了一眼，皆從對方眼裡看到很深的憂慮。

本想著姚詩雅既是令葉天維付出眞愛的女子，那即使不是個溫婉可人的姑娘，性情也應該不會太糟糕才對。可是眞正體會過姚家的勢利及自私後，他們便告訴自己還是先做好最壞的打算吧！

「那麼，下任神子將會同時有兩人對嗎？你們看我家紫雅會不會……」滿腦子打著如意算盤的姚夫人意有所指地詢問，可惜宋仁書很快便打消了她的妄想道：「當時我清楚看到一分爲二的神力往不同方向飛散而去，另一位神子當時應該身處於西方。也就是說，一直身在東方的姚紫雅姑娘並不會是另一人。」

期望落空，姚夫人也沒有氣餒，想了想便再接再厲地詢問：「可以任由神力一分爲二也沒關係嗎？」一想到姚家的榮耀將要與他人分享，老夫人便感到像吞了一隻蒼蠅般噁心。

「神力分散當然不是理想狀況。即使兩名神子在任期間沒有出狀況，可是當回天之期到達時，兩股神力又會再度尋找兩名新的繼承人，這樣下去只會成爲惡性循環，分裂的神力永遠無法合爲一體。」

「那簡單，叫另一名女孩將神力傳給詩雅不就好了？」姚夫人聞言，不禁把心底的話脫口而出。

身旁傳出「噗哧」的一聲，正是原本安安靜靜坐在一旁嗑瓜子的琉璃。

姚家富甲天下，正所謂有錢能使鬼推磨，姚夫人身邊的人哪個不是極盡奉承之能？這個名叫琉璃的小姑娘面對她時不但沒有表露出應有的敬畏，身上的衣著更一看便知是個窮鬼。若不是礙著宋仁書他們在場，待對方治好姚詩雅，她早就把人打發掉了，哪還能讓她留在姚家放肆？

「我剛剛的話有什麼可笑的嗎？」

「沒什麼，只是聽夫人說得如此理所當然，這並不太妥吧？也許是詩雅姑娘要將神力傳給另一人呢？」

「我不許！」尖銳的怒吼立時刺得眾人腦袋嗡嗡作響，看到尊貴的客人不滿地皺起眉，姚夫人硬是壓下要把少女碎屍萬段的衝動，瞬間再次變回雍容華貴的老夫人，她道：「我的意思是，既然各位找到詩雅在先，這正是天意，說不定代表著天神也希望由詩雅來領導花月國。剛才聽到琉璃姑娘的話，想到詩雅或許會受到的委屈，身爲母親我一時心疼而控制不住情緒，讓大家見笑了。」

想不到如此失態以後，姚夫人還能裝模作樣地說出一番大道理，薑果然還是老的辣。不知情的人看著老夫人慈祥的笑容，說不定還以爲剛才的鬼叫聲是幻覺呢！

「嗯，天神是不是希望由詩雅姑娘來領導花月國我不知道，不過肯定的是老夫人很希望，而且希望得不得了對吧？」琉璃癟了癟嘴，心想什麼事情都推給天神，這還眞是省事。

少女揶揄的話語一出，祐正風倒還能禮貌地維持著原有的表情，而宋仁書卻是一臉想笑卻拚命忍住的怪異模樣；左煒天最不給姚夫人面子，雖沒有大笑出聲，可是那勾起來的嘲諷嘴角，卻是把他心裡的不屑表露無遺。

「說起來，現在有不明勢力盯上下任神子，也許姚二小姐把神力奉獻出來還不失爲一件好事呢！」

姚夫人眼裡閃過一絲陰狠，但臉上的笑容卻益發和善，道：「我想這方面應該不用操心吧？那些殺手大概是被鬼族收買的人，只要多派一些護衛……」

「抱歉，姚夫人，這是不可能的。神使須獨力保護神子回到碧華殿，這是歷代王權更替時的傳統。」宋仁書道。

「但現在詩雅的性命受到威脅，難道就不能通融一下？」

嘆了口氣，宋仁書詢問：「姚夫人，妳知道為什麼會有這個傳統嗎？」

「呃……因為……」

看姚夫人支支吾吾地說不出個所以然，宋仁書解釋道：「因為我們幾人是國家的『未來』。」

「咦？」

「『神使』是由上任神子所挑選、她認為能夠擔負起國家大任的官員。至於下一任神子，則由神力自行認主。讓神使把流離在外的下任神子迎回碧華殿，除了是讓他們有磨合的機會，同時也考驗這些人到底有沒有揹負國家未來的能力。」

「太胡來了！萬一下任神子真的被殺那怎麼辦？」

「那也沒什麼，到時候神力便會轉移至另一名天命之人身上。」

「事情正如三弟所說，所以很抱歉，我們無法調動其他人手來保護二小姐的安全，但身為武將，我與二弟會誓死保護姚二小姐。」祐正風沉靜地道。

「姚夫人妳就放心吧！現在這些殺手是不是受鬼族所策動還是未知數，以鬼王的實力，他乾脆派大隊高手前來給姚二小姐一刀豈不是更快捷乾脆嗎？」向來性格豪爽的左煒天毫無顧忌地舉例，雖聽得姚老夫人很不舒服，但她也不得不承認對方說得有理。

「鬼族一向不會插手下任神子登位。因為他們知道即使把人殺了，也會有其他人代替。我認為這次是其他勢力所為，幸好遇上琉璃姑娘，不然面對劇毒我們還真是一籌莫展。」宋仁書嘆了口氣道。

就在眾人認真思索到底是誰策動這些刺殺時，姚紫雅卻很不合時宜地哀怨道：「宋公子，怎麼人家多次要求，你都只客氣地稱呼人家為『姚姑娘』，卻親暱地喚那位小姐『琉璃姑娘』？」

所有人都向姚家大小姐投以訝異的視線，怎麼在這種時候她還有心情斤斤計較這種小事!?

即使是姚夫人也露出了微慍的神情，現在她那珍貴的搖錢樹面臨著被連根拔起的危機，此刻的小女兒在她眼裡比起以前可謂身價百倍，怎能讓她不緊張呢？

「呃……這是因爲我只知道琉璃姑娘的名字。」宋仁書立即自辯，他死也不想喚姚紫雅的名字。這個女人本已經難纏，直呼她的名字以後還得了!?

「姚姑娘又怎能拿自己與我相提並論呢？想想姚姑娘貴爲姚家千金，而我只是行走江湖的一個無名小輩。江湖兒女最是不拘小節，因此宋公子直呼我的名字也沒什麼大不了。但反之姚大小姐讓男人隨意叫喚自己的名字，傳了出去恐怕對清譽不太好吧？我想宋公子也是考慮到這點才有此差別待遇。」琉璃邊慢條斯理地說，宋仁書邊在旁拚命點頭，強烈地表示出偉大的琉璃姑娘所言甚是。

悠閒地喝了口茶，不理會姚大小姐那遮掩不住、益發陰沉的臉色，琉璃續道：「更何況，我也沒姓氏讓宋公子稱呼。只因我是名孤兒，名字是師父替我取的。」

別人都這麼說了，難道姚紫雅要回她「我也是孤女」嗎？因此姚大小姐再次敗下陣來。

不停點頭的宋仁書，則是訝異地停了下來，脫口反問：「琉璃是妳的眞名嗎？我一直以爲是綽號……而且認識這麼久，也沒見妳介紹過自己的師門，剛才的話該不會是唬我們的吧？」

琉璃放下手上的茶杯，繼續邊嗑瓜子、邊漫不經心地回答：「白痴，我總有師父嘛。不然我一身武學從哪來的？」

「那妳的師父是誰？」花月國第一才子傻傻地脫口再問，他眞的對琉璃的身分好奇得要死。

瞟了宋仁書一眼，琉璃笑吟吟地道：「宋公子還年輕，怎麼如此健忘？」

「嗯？呀……」正想詢問少女這番話的含意，很快地青年便想到結識琉璃時她曾經說過，她的師父交代她不能把師門背景告訴任何人。結果便是宋仁書接連發出意義不明的詞語，看起來實在……蠢得很。

祐正風則是眼神複雜地看了琉璃一眼。以朝廷建立的情報網，對於江湖上有什麼後起之秀雖不能說得上一清二楚，但還是有著某種程度的了解。可是這名無論心智與武功都表現出色的小姑娘，他們竟完全不知道來歷，就好像平空出現，讓人感到非常不自然。

以琉璃的機智與好管閒事的性格，這女孩不可能至今都沒沒無名。難道是在此前她一直故意把自己隱藏起來？那麼，少女與他們的相遇真的只是偶然嗎？

雖然對琉璃的身分有所疑惑，然而從相識開始，這少女便一直向他們釋出善意，甚至屢次救助他們，因此宋仁書還是決定不再糾結於這個問題上。反正這丫頭趕也趕不走，正所謂日久見人心，要是琉璃真有什麼陰謀，總會有露出狐狸尾巴的一天。

「其實對於想要取姚二小姐性命的人，我還有另一個想法。」宋仁書把話題繞了回去，道：「若對方的目的是『姚家』本身呢？」

一個家族要站穩陣腳並不是件容易的事，像姚家這種在商場上打滾多年的大富豪，把生意做大之後必定得罪了不少人。再加上眾人見識到姚夫人與姚紫雅的勢利性情後，這個可能性更是大大提升。

「我們姚家一向循規蹈矩，所有錢財都是經正途獲得。可惜樹大招風，眼紅我們姚家的人著實不少。」姚夫人兩、三句便將所有仇敵歸類爲「嫉妒」的惡人，而自己就是可憐的被害者角色了。這個女人實在不愧爲姚家的現任當家，說話技巧果眞高明。

「單單就二小姐而言，有沒有什麼線索，想到會有什麼人要殺姚二小姐嗎？」祐正風問。

大概是想要取回眾人對自己的關注，姚紫雅搶著說道：「小妹自小身體不好，因此很少出門。況且她性子靜，感覺讓人難以親近，連朋友都幾乎沒有，更何況是仇人？」

雖然姚紫雅這番話聽起來彷彿充滿著對妹妹的擔憂，然而言語間卻向眾人營造出姚詩雅難以相處的印象。只因對於忽然獲得「神子」高貴身分的親妹妹，姚紫雅實在不甘又嫉妒得很。

「身體不好嗎？那還真是讓人同情呢！想來善解人意的紫雅姑娘一定想盡方法替妹妹解悶吧？」雖與姚詩雅並沒有任何交情，可是琉璃實在看不慣姚紫雅的態度，於是搶白了一句。

「呃、呃……這是當然。」姚紫雅瞬間的猶豫及心虛的眼神，讓大家對她話裡的真假瞭然於心。

看到眾人若有所思的目光，姚紫雅憤恨地瞪了琉璃一眼。她現在是深切地明白到了口舌上她無法取得便宜，最後只好不再說話，以免多講多錯。

看到大小姐退到旁邊納涼，琉璃嫣然一笑，對於現在清靜的狀況感到很滿意。拿姚紫雅沒轍的宋仁書暗暗鬆了口氣，隨即詢問姚夫人，道：「姚夫人可有頭緒？你們姚家真的沒有幹過什麼讓人心生殺意的事情嗎？」

「沒有的事，宋大人實在想太多了。」姚夫人笑呵呵地說道：「我們活得問心無愧，更從沒幹過對不起別人的事情。」

「我曾經有個妹妹……」此時，一陣虛弱的嗓音從不遠處響起。眾人這才驚訝地發現本應臥床休息的姚家二小姐姚詩雅，此刻正蒼白著一張臉倚靠在門邊，也不知道她在這裡站了多久、聽到他們多少的討論內容。

只見這名剛撿回性命的少女一臉病弱的蒼白，但那猶如鹿兒似的杏眼卻充滿了堅定，用著清脆動聽的嗓音說出了姚家祕辛，道：「是爹與二娘所生，我同父異母的妹妹……姚樂雅！」

第四章 另一名神子

若現在死掉的話，便什麼也不用想了吧？

不會傷心、沒有難過……

可是，自己真的是那個該死的人嗎？

「閉嘴！那個賤人並沒有入門！她並不是妳的二娘！」尖銳的怒斥聲把在場眾人全都嚇了一跳，盛怒下姚夫人已無法繼續維持貴夫人形象。若說先前老夫人慈祥的模樣可說是笑容可掬、和氣生財，此刻其猙獰的表情則活脫脫是索命的厲鬼。「還有那個女娃兒也不知道是那蕩婦在哪裡懷上的野種，妳竟然認這種來路不明的雜種作妹妹？」

「娘，別再自欺欺人了，我已經不是當年那個無知的小姑娘。只要細心一想，二娘那場意外，以及樂雅的事情，顯然是疑點重重。」身體不適讓姚詩雅的聲音氣若游絲，但是少女想說出眞相的態度卻非常堅定，以至她的氣勢一點兒也不輸給怒氣沖沖的老夫人。

姚詩雅的話令姚夫人踉蹌地後退了數步，祐正風等人聞言，也不禁面色一變。性格急躁的左煒天更是顧不上應有的禮儀，一臉緊張地詢問：「妳所說的那個叫姚樂雅的妹妹，到底怎麼了？」

身爲神使，他們一直謹記著紫霞仙子的預言。

姚樂雅，與姚詩雅一樣出生於東方珠寶世家的千金小姐，她會是預言中的「樂曲」嗎？是巧合？還是她就是他們要找的另一人？

「她瘋了。」姚詩雅並沒有計較左煒天的無禮，清澈的眸子露出悲傷的神色，緩緩道出那不為人知的姚家內幕。「十年前，二娘帶小妹外出探親時被土匪所殺，當時生還回來的小妹則是瘋了。」

「閉嘴！詩雅，妳真的要氣死娘親才高興嗎？」姚紫雅厲聲低斥，說話的語氣充滿著責怪與警告，她道：「事情是怎樣的大家都很清楚不是嗎？那個水性楊花的女人是逃走的，因為她生的女兒根本就不是姚家血脈。至於被強盜土匪所殺，只是那個被母親拋棄、失心瘋的小姑娘幻想出來的謊言罷了。當時陪同那女人出門的護衛不也證實了，不是嗎？根本就沒有什麼土匪，那女人是趁著夜色逃跑的。」

姚詩雅還要開口說什麼，但此時琉璃卻插了進來阻止道：「夠了！你們沒看到二小姐連站也站不穩了嗎？要對質的話也待她養好身子再說。」說罷，便見少女硬是扶著姚詩雅往房內跑，道：「聽著，我是琉璃，是妳這段時間的主治大夫。妳的命是我救的，現在給我回去乖乖睡下，我可不許妳再給我添麻煩！」

琉璃教訓著姚詩雅的話隨著二人愈走愈遠，最終聽不見了，祐正風將視線轉回姚家母女身上，溫和的神情變得很嚴肅。他道：「姚夫人，願聞其詳。」

「唉！這其實是姚家家醜，我本不願再談。」嘆了口氣，此時姚夫人已收起先前的凶狠模樣，換上落寞無奈的表情，瞬間再度變回那雍容華貴的貴婦人，道：「當年老爺從外面帶回了一個女人及小女娃，說那丫頭是他流落在外的骨肉，更要把那個女人立為平妻。既然對方的女兒流著姚家的血，那麼我當然沒有異議。怎料在老爺過世後，卻傳出二夫人所出的姚樂雅，並不是老爺親生骨肉的謠言。不久，那個女人忽然提出要回鄉探親，我們不疑有他，便讓她帶著女兒出門了。」

再次嘆了口氣，姚夫人續道：「怎料回來的只有兩名護衛。據他們所言，那女人趁著夜色偷偷帶著女兒，以及從家裡捲走的銀票逃跑了。本來我還以為她是個溫婉柔弱、知書達禮的女子，怎料一切都是假象……唉，眞是家門不幸。」

聽到這裡，宋仁書打聽道：「但是據姚二小姐所說，那個名叫姚樂雅的小姑娘瘋了又是怎麼一回事？」

「因為就在那女人失蹤後第三天，那丫頭回來了。」姚夫人眼中閃過一絲殘暴的光芒，道：「本來我們認為對方既然已主動離開，再加上家醜不宜外揚，找不到人就別再追究。怎料到了第三天，滿身是傷的姚樂雅回來了。也許那丫頭在逃亡中被娘親拋棄，又或許是失散了，她竟回到姚家，並且胡言亂語起來。說她的娘親被土匪所殺，還說她逃了三天才保住性命回來。但無論是客棧老闆還是隨行的護衛，都證實這根本是子虛烏有，經大夫診斷後說是她瘋了。」

「那位姚樂雅姑娘現在仍在府中嗎？」

「她逃了啦！」姚紫雅裝模作樣地露出悲天憫人的神情，道：「回來以後總是瘋言瘋語的，我們只好把她關起來。結果幾天後卻被她從窗戶逃跑了，我想她這種瘋子加上當時年紀又小，也許早已死了吧！」

三名男子對望了一眼，都從對方眼神中看到了猜疑的神色。

事情本身並沒有什麼可疑之處，而且內容也合情合理。可是不知是否受到了姚詩雅一番話的影響，他們聽著聽著總覺得有種異樣感。

姚夫人也察覺出他們的猜疑，於是接著解釋道：「詩雅從小便與那對母女很親。由於那名表面賢淑溫柔的女子與詩雅文靜的個性相投，因此比起我這個親娘，她更愛親近那女人。再加上詩雅一直把那個女娃視作親妹妹般疼愛，因此也只有她傻傻地信任著那對母女，甚至還懷疑我這名親娘，真是傷透了我這個親生母親的心。」

□

這一夜對於各懷心思的眾人來說，可說是註定無法安眠的一個夜晚。

「娘，任由詩雅這樣可以嗎？是否警告她一下比較好？」深夜時分，在裝潢華麗的房間裡，姚家母女仍未安歇。

「那孩子從小自命清高，看不得污穢骯髒的事情。外表柔弱卻固執得很，妳認爲妳能說服她嗎？」老夫人皺了皺眉，並抬了抬手，阻止大女兒的申辯，道：「當年詩雅不過是六歲幼齡，想不到竟讓她瞧出端倪。只是不明內裡的她能幹出什麼來？別忘了當年的事有利於我們的人證、物證現今仍俱在。」

「何況事情已過了十年，即使有疑點也無法證實什麼了。愈是急著澄清便愈是顯得我們可疑，因此何不來個冷眼旁觀、清者自清呢？單是心裡起疑，詩雅也拿我們無可奈何呀！何況我們是她的親人，詩雅再清高，眞的出事時也無法置我們生死於不顧吧？」

「也對，還是娘親聰明。」姚紫雅甜甜地送上一頂高帽子，然後恨恨地道：「詩雅那丫頭怎麼就不想想，她現在吃的、住的、用的還不是因爲娘親辛苦打拚才有的？娘，我還是不放心那丫頭獨自進宮，雖說沒有憑據，但萬一她到達王都後仍繼續胡言亂語，傳了出去也對姚家名聲不好。」

「怎麼？妳想跟著去是爲了姚家著想，不是因爲看上那三位位高權重的年輕公子嗎？」姚夫人取笑道。大女兒的性子最像她，因此姚紫雅心裡打著什麼如意算盤，她這個做娘的又怎會不知道？

「娘！討厭！」姚紫雅撒嬌似地橫了親娘一眼，卻沒有否認母親的話。

她就是相中那三個男人了，那又怎樣？

「也罷，妳跟過去也好，這三人妳可要抓緊，無論嫁給哪一個都足以爲姚家光宗耀祖了。」說罷，姚夫人警告女兒道：「只是妳要小心那名叫琉璃的小姑娘，那丫頭精明得很，又喜歡處處與妳作對。聽娘說，有機會的話……」

在房間裡偷偷討論著各種陰謀詭計的姚家母女，全然不覺窗外有雙明亮的眼眸竊視著她們，並且把她們的對話聽得清清楚楚。

那是個穿著黑衣的纖瘦身影，在蒼茫的夜色中讓人無法看得確切，只有那雙大大的眸子反映著月亮的微光。在搖曳的燭光中，她恍然看到了曾經住在這間房的另一對母女身影。

十年前，這間房間是屬於自己娘親的。

耳邊彷彿仍迴響著幼童悲慟的呼救聲——那年小小的她滿身泥濘地倒在路邊，親眼看著幾名蒙面男子亂刀砍在娘親身上。她很害怕，卻仍強打精神，勇敢地拚命呼救。然而無論她怎樣呼喊，那本應侍奉在側的護衛卻依舊不見蹤影。眼見娘親已經活不成，小女孩緊握著拳頭轉身逃跑，卻在滂沱大雨中失足跌進洶湧的河裡，最終失去了意識。

再次醒來時，她的身子幸運地被大樹伸展在下游的樹枝架住。雖然滿身是傷，卻奇蹟地並不嚴重。那些土匪也沒有追上來滅口，大概是認為在這種滂沱大雨下，跌進河裡的自己不可能生還吧？

她並沒有被沖到離家太遠的地方。即使如此，還是花了她三天時間，沿路乞討，一步一步地走回家。

她本以爲只要回到家裡，便能向親人們訴說心中的悲傷與痛恨，便能獲得安慰，也能得到替娘親報仇的力量。

可是，爲什麼下人們看到她出現時的眼神如此奇怪？

然後她便被帶到內堂，那裡有好多人在等著她，就連下人也幾乎全擠了進來。

於危急關頭不見蹤影的護衛，目光閃爍地看了看滿身破爛、污穢不堪的她，然後大聲當眾訴說根本就沒有什麼土匪，二夫人是在深夜擺脫下人自行離開的。

還有一些其他「證人」，當時客棧的老闆、店小二……全都異口同聲地說著流利的謊言。

那時她哭了，也很著急，激動地不停重複著沒有人相信的眞相。在場人士卻向她投以憐憫的眼神，說她瘋了……

她被關起來，拚命地想要逃跑卻徒勞無功。直至有天當她終於成功逃了出去，漫無目的地遊走在漆黑的森林中，她才驚覺自己已經沒有家可以回去了。

天地那麼大，她一個什麼都不懂的孩子，能走到哪兒去？

逃跑時她拿來防身的一枚生鏽小鐵片，彷彿帶有魔力似地，吸引著她的視線。

女孩把鐵片從腰帶中拔出，鏽跡斑斑的鐵片邊緣異常鋒利。著魔似地把鐵片貼近頸部動脈，若現在死掉的話，便什麼也不用想了吧？不會傷心、沒有難過……

可是，自己眞的是那個該死的人嗎？

清澈的大眼睛閃過令人戰慄的寒光，小女孩忽然笑了，那是自她的母親被殺後便消失不見的久違笑容。有點俏皮、有點狡黠，看起來輕鬆又愉快。「那就當作我已經死過一次了吧！」

說罷，她便把鐵片隨意插回腰帶裡，拍拍雙手的灰塵，毫不留戀地轉身向著與姚家相反的方向離去。

□

數天後的清晨，宋仁書等人前來向姚夫人辭行。

確定姚詩雅手臂上擁有代表神子的半朵蓮花印記，少女下任神子的身分已經可以肯定，自然要與眾人同行。

「你們要起程回王都了？可是詩雅的毒沒問題了嗎？」老夫人一副憂心忡忡的

模樣，絲毫不見作爲當家應有的精明與手段，看起來只是很普通的賢淑慈母。

「放心吧！餘毒已經清除，而且二小姐的身子也好得差不多了。這段路程中我會照顧她的，有什麼萬一也有所照應。」琉璃毫不客氣地使喚著姚府的下人，把各種珍貴藥材放進馬車裡。少女的回答有著一貫明朗愉快的語氣，絲毫沒有因發問者是姚夫人而表現出一點敬畏。對姚夫人來說，琉璃這種沒教養的語調，她至今仍很不習慣。

令人意外的是，個性俏皮又我行我素、率性得不得了的琉璃，竟與溫柔婉約的姚詩雅很是投緣。看到姚詩雅喜愛親近琉璃更甚於姚紫雅，這讓姚老夫人對眼前這名小姑娘更是猜忌。

姚夫人總覺得這名少女看著自己的眼神很複雜，那深沉的目光彷彿能看進她的靈魂，知曉她長久以來所幹的骯髒陰險事情；這種被人看透的感覺，實在令她很不舒服。

自從得知姚樂雅也許正是紫霞仙子預言的另一名下任神子時，姚夫人幾番安慰自己，事情已經過了十年，當年的事情絕無可能再次浮上檯面，何況那對母女都死了……

只是，內心深處卻有個聲音不停詢問自己，妳眞的確定那個小女孩死了嗎？雖說一個五歲的孩子單獨闖進充滿著各種猛獸的森林裡，理論上絕無生還的可能，但誰能保證她不會像當初被洪水沖走時那麼幸運，最終能奇蹟地存活下來？

當宋仁書詢問姚家是否做過什麼讓人心生殺意的事情時，她最先想到的，不就是那個固執地一次又一次堅持著沒人相信的眞相、堅強又脆弱的小小身影嗎？

甩了甩頭，姚夫人將這可怕的想法拋諸腦後。不可能！那名小女孩的下場不是成爲野狼的食物，就是迷失餓死在森林中。即使她眞的倖存下來，一個無權無勢的小小女子，面對富可敵國的姚家又能有什麼作爲？

□

總算尋著了其中一名神子，連同硬要跟過來的姚紫雅，一行六人浩浩蕩蕩、帶著一車名貴藥材及衣物離開了姚府。

「琉璃姑娘真的好厲害。我還是初次看到好好的一個姑娘家旅行時不坐馬車，而是像男人般騎馬，果然行走江湖的人就是與眾不同啊！」中午時分眾人在樹蔭下休憩時，姚紫雅雖然一臉佩服，但無論是誰都聽得出她話中帶刺。

眼看一路上琉璃策馬與三名男子有說有笑，姚紫雅早已恨得牙癢癢。偏偏自小嬌生慣養的她不要說是騎馬，在烈日下站久一些也受不了，因此只能窩在馬車中與姚詩雅大眼瞪小眼。

「姊姊，妳怎能這樣說呢？」姚詩雅說罷，歉意地向琉璃笑了笑。

姚紫雅聞言，卻是裝模作樣地反問：「怎麼了？我只是稱讚她，這樣也不可以嗎？」

「沒關係，詩雅姊姊妳不用感到抱歉。」琉璃向姚詩雅回以一個親切的笑容，看似漫不經心的話卻正中要害，她道：「反正自古以來，吃不到的葡萄總是特別酸，我也很諒解紫雅姊姊的心情啦！」

被琉璃說中心事，姚紫雅的嬌柔面具開始出現了一絲裂痕，暗潮洶湧的口舌之戰再度爆發！

「女人眞可怕……」宋仁書看到新一輪激戰再次以琉璃大獲全勝告終以後，不禁心有餘悸地縮了縮身子。

「是說那個丫頭特別可怕吧！因此打從一開始我便決定交她這個朋友。」左煒天笑道：「做她的朋友，似乎比做她的對頭愉快得多了。」

「三弟你應該心存感激。畢竟全仗琉璃姑娘的牽制，我們才能在這兒悠閒地聊天不是嗎？」祐正風的話一出，二人愣了愣以後，皆不約而同地嘆了口氣。

那個姚紫雅或許是感受到宋仁書明顯的抗拒，旅程開始以後便把攻勢放寬至所有人身上。可以說，同行的男性無一倖免。

「都是你的錯！她起先相中的人可是你呀！三弟，你不如犧牲小我娶了她吧！犧牲你一個人，總好過要我們陪著你一起受苦。」左煒天實在被姚紫雅糾纏得煩了，難得耐著性子向宋仁書動之以情、說之以理。

宋才子立即激動地反駁：「爲什麼是我？既然你這麼說，那倒不如由偉大的左將軍捨身取義吧！我會立一個長生碑每天供奉你。」

看著同伴談不出結果，卻先行內鬨，祐正風不禁苦笑起來。其實憑良心說，單以姿色與家勢而論，姚家大小姐說得上是上上之選。

偏偏比起容貌背景，他們更看重的卻是對方的內涵與本性。不論姚紫雅裝得再溫柔嬌媚，他們還是看得到她掩飾在美麗皮相下的腐敗靈魂。那種志在必得、認爲所有男人都應迷倒在她石榴裙下的模樣，更是讓三人感到非常抗拒。

「抱歉，我有些話想與三位商量，可以打擾大家一會兒嗎？」就在此時，柔和的嗓音輕輕傳來。這溫柔的聲音似乎帶有特異的安撫作用，輕柔的話語竟瞬間便讓兩名吵鬧著的青年乖乖住嘴。

祐正風訝異地轉身，看著站在他們身後泛著淡雅笑容的姚詩雅。

宋仁書與左煒天二人，從小總是說不上兩句便會吵起來。祐正風曾經嘗試制止，只是眼看效果不大，也就任由他們了。然而祐正風想不到，自己曾經用過的各種方法，竟比不上姚詩雅一個溫柔的笑容。

在以前，能夠制止這二人吵鬧的就只有紫霞仙子了。該說姚詩雅不愧為下任神子嗎？

看到二人皆安靜下來，姚詩雅輕聲詢問：「請問在護送我回碧華殿以後，諸位是否會動身去尋找我的妹妹樂雅？」

宋仁書等人不禁露出訝異的神情，想不到這名纖弱的少女如此敏銳。雖因不想再生枝節而選擇隱瞞不說，但既然姚詩雅已開口詢問，他們也不好說謊：「是的，我們都認為她也許便是預言中的另一名神子。」

宋仁書看到對方神情有點茫然，這才想起他們詳細解說預言時，少女正昏睡。偏偏她身為其中一名神子總不能不知道這些事情，因此宋丞相只好再把事情的來龍去脈從頭解釋一次，最終道：「因此根據預言內容，若姚樂雅姑娘仍活著，那麼她便是最符合預言的另一人。生於東方，同為姚家人的她亦符合了『寶石』二字。更何況她的名字中正好帶有『樂』這個字彙。」

「可是找到她又如何呢？即使那丫頭仍在世，但人都已經瘋了，難道要把花月國交給一名瘋子管理嗎？」姚紫雅趕緊說道。

「這點等我們找到了人以後再說吧！更何況……」冷冷地看著姚紫雅，左煒天的話裡滿是嘲諷：「或許姚樂雅根本就沒有瘋，當年她所說的話也許是眞的呢？即使我們的猜測有誤，單是衝著她是神子妹妹這一點，我們已不能讓她單獨流落在外。」

老實說，姚紫雅還眞的有點怕這名高大健壯、眼神銳利的男子；在左煒天審判似的視線下，心裡有鬼的少女下意識地縮了縮身子，再也不敢作聲。

「左公子，我仍未入宮登基，請你直接喚我的名字就好。」對於被人稱爲「神子」，姚詩雅至今仍是很不習慣。

「不，神子從接收了神力那一刻起，便已經是我們的主子，再稱呼您爲『姚二小姐』實在於禮不合。」

「也就是說，你們已奉詩雅小姐為君主，並且會服從她的命令對嗎？」琉璃忽然插話。面對少女明顯計算著什麼的眼神，三人在心中暗道不妙。但少女的話聽起來卻沒有任何不妥之處，最終只能順著琉璃的話點頭稱是。

「那事情便簡單了。」留下這麼一句耐人尋味的話，琉璃向姚詩雅眨了眨眼睛，並露出狡詐的笑容。

就在眾人莫名其妙之際，姚詩雅竟提出一個讓他們大為震驚的要求，道：「既然如此，請帶我一起去尋找樂雅。」

「神、神子！」果然如琉璃預料，眾人的表情立即變得有趣至極。臉上的顏色一下子由紅轉白，再由白變綠，然後綠又變回紅，看得少女眼睛眨也不敢眨，生怕漏看任何精彩鏡頭。

最後，還是祐正風最沉得住氣，很快便從震驚中回復，道：「神子，此事萬萬不可。神子須知……」

祐正風還未說到重點，琉璃卻自言自語般道：「嗯。違抗神子的命令，這就是所謂叛逆者吧？」

三道殺人的視線刷刷刷地射過來，琉璃卻很不給面子地毫不害怕，還掩著嘴巴偷笑。

「祐公子，我並不是想用神子的權力來威脅各位。」姚詩雅輕輕柔柔的嗓音總是像春風般讓人感到很舒服，少女充滿著歉意的懇求神情眞摯又動人，道：「我希望大家明白，樂雅的事就像一根尖刺，這十年來總是刺得我心裡隱隱作痛。我只想爲尋找樂雅出一分力，希望大家能夠諒解。」

「還眞是凝重的氣氛呀。請問我可以說句話嗎？」在這沉重的氣氛下，琉璃明朗而充滿笑意的語調令眾人不由自主地鬆了一口氣。相較於姚詩雅那種溫柔的感染力，這名態度輕鬆又隨意的小姑娘，總能讓人心情變得愉快。

「你們本來打算先護送詩雅姊姊回宮殿，再外出尋找那位姚樂雅姑娘對嗎？」

三人很有默契地同時點了點頭。

「到哪兒去尋人呢？」

祐正風道：「先到當年她聲稱遇上土匪的地方，看看會否留下什麼線索。」

露出「果然如此」的表情，琉璃再問：「親自尋找？還是派下人打聽？」

「親自吧。」作爲「神使」，對於尋找神子一事，他們責無旁貸。

「也就是說，碧華殿又會變成當初紫霞仙子被擄走時的狀態囉！」

「……」被一語驚醒，祐正風再也無話可說。的確，現在姚詩雅還不懂如何使用神力，再加上護國將軍不在，把人留在碧華殿確實不安全。因此仔細想過以後，他們還是答應了姚詩雅的請求。

「那姚紫雅姑娘呢？路上危機重重，姚大小姐還是折返姚府比較好吧？」宋仁書說罷，凝望姚紫雅的目光滿是期待。

「請務必讓我同行。身爲詩雅的親姊姊，我實在不放心她的安全。」幽幽地嘆了口氣，姚紫雅無時無刻都不忘表現出她與神子的姊妹情深。不得不說姚紫雅完美地繼承了母親的虛僞，雙方的差距只在於後天經驗所形成的火候強度吧？

雖然實在很想把姚紫雅趕回姚府，但對方以親情來作藉口，宋仁書也不好反駁什麼。

「對了，你們聽說過白家莊嗎？」琉璃見眾人已談出個結果，便笑嘻嘻地把話題轉移至那個武林中的傳奇家族。她道：「不遠處正是白家莊所在的沐平鎮，過兩天正好是白家家主的壽宴，說不定能打聽到有用的情報。」

眾人對望了一眼。這提議的確很有吸引力，只是……

「我們並沒有請帖呀！」宋仁書聳了聳肩，武林與朝廷素來不和，他們會有請帖才怪。

總不能厚著臉皮闖進去吧？白家可是那個統領群雄的傳奇家族，要是因而結下梁子就得不償失了。

白了宋仁書一眼，琉璃沒好氣地說道：「既然詢問你們，我就有辦法讓你們進去。這點倒不用你瞎操心。」

「妳認識白家莊的人？還是說……妳本就來自白家莊？」左煒天緊盯著琉璃詢問，他眞的也對這名少女的來歷好奇得要死。

「你管我。總之到時候本姑娘自有方法便是了。」不理會眾人探究的眼神，琉璃笑得很欠揍。她愈是不說，就愈是讓人感到好奇。

「神子意下如何？」反正距離並不遠，要是有門路的話，過去打探一下消息也不錯。宋仁書三人對於這提議是認同的，但他們並沒有自作主張答允，而是等待姚詩雅的指示。

雖然相處的時間並不長，但對自己有著救命之恩的琉璃早已贏得姚詩雅的信任。因此少女並沒有多想，很快地便接納了琉璃的提案。

第五章　白銀

少年一臉無奈地道：「我可是有名字的，姓白名銀，妳又忘了嗎？要不然白公子或是白兄、白哥哥也可以哦，小琉璃。」

白家莊距離眾人所在位置並不遠，短短半天的路程，神子一行人便到達山莊所在的沐平鎮。

因爲有著聞名天下的白家莊，沐平鎮治安非常良好。土匪強盜不敢在此作案自不用說，就連小偷竊賊也不敢在白家的勢力範圍出沒。居民們夜不閉戶，治安足以媲美由神子神力所覆蓋保護著的王都。

距離白家家主的壽宴還有兩天，到達城鎮後眾人也不著急，趁著宋仁書等人安頓行李的空檔，三名女子便提出要到市集閒逛一下。

因爲時值白家家主白天凌壽宴前夕，城鎮裡聚集了眾多遠道而來的各派子弟。人多自然爭執也多，更何況各門派之間互有嫌隙或暗中較勁的人可不少。因此這段時間經常看到武林人士因小事爭吵，還好最終都在白家子弟的調解下得以平息。

習武之人，脾氣暴躁、盛氣凌人者也是有的。雖在白家的地盤上，眾人都有共識地收斂起來，但很多時候幾杯黃湯下肚，規矩什麼的便會忘得一乾二淨，就像此刻琉璃眼前的幾名武人。

爲首的是一名白衣青年，長得倒也俊逸，只是華麗的外表遮掩不住紈褲子弟的目中無人。自看到姚紫雅三人後，男子猥褻無禮的視線便一直緊盯著她們。幾杯酒下肚後更是色膽包天，在白家莊的地盤上鬧起事來。

姚紫雅眞的快要氣死了，這個醉酒男子竟伸手摸了她的臉龐一把。看到她被輕薄，一旁的琉璃竟然視若無睹，只是自顧自地把姚詩雅護在身後袖手旁觀。

抓住姚紫雅纖細的手腕，白衣青年有趣地看著女子徒勞無功地掙扎著。至於兩名退到遠處的同伴，看起來也不像是練家子。見狀，白衣青年便更加肆無忌憚，調笑著道：「這娘兒夠騷夠辣，我喜歡！」

白衣青年的同伴——一名又高又瘦、臉色蠟黃的老年人似乎酒後還保有幾分理智，上前勸阻道：「林公子，這兒是白家莊的地盤，我看還是多一事不如少一事吧！這女子如此不識抬舉，我看她也不懂得怎樣服侍公子。今夜我找幾名貌美姑娘過來，保證才色兼備、溫柔體貼，未知林公子意下如何？」

怎料林公子聽後卻是怒不可遏地發著酒瘋道：「我就是要她服侍我！白家莊算

什麼？風光這麼多年也該讓賢了！很快武林便會是我們林門的天下，你說是不是？歐陽兄。」

眼看林公子已醉得口不擇言，公然於大街上大聲吵嚷著林門的野心，老人不禁嚇出一身冷汗。雖知林門想要取代白家莊的心思實在是昭然若揭，可是把野心放在心裡，與明放在檯面上完全是兩回事。畢竟現在的林門看似風光，卻仍略遜白家莊一籌。

看林公子那副草包模樣，老人不禁暗暗搖頭。如果不是……衝著林公子的表現，他絕不會選擇投靠林門。

聽到林公子的詢問，穿著外族衣飾、方臉濃眉的大漢則是狂妄地大笑道：「老張你多慮了。自古英雄配美人，也只有這種夠騷夠艷的娘兒，才配得上林公子這個英雄豪傑。要不是這是林公子看上的女人，我還眞想把這個小美人搶過來呢！」

無視姚紫雅的掙扎，林公子聞言，心情大好地把她抱進懷裡上下其手，笑道：「歐陽兄倒用不著跟我搶人，我看這兩個丫頭也不差呀！嬌嫩得能擰出水來似地，摸起來手感應該也很不錯吧！」溫香軟玉抱滿懷，林公子得意之下言語就更露骨了。偏偏姓歐陽的大漢所屬的又是不重禮節的牧馬民族，在他的有心奉承下，兩人對話愈發放肆無禮。

姚詩雅顫抖著手，輕輕拉了拉琉璃的衣袖。感受到對方的不安，琉璃安撫地回握少女的手。面對三名男子，毫無自保能力的姚詩雅還是沒有說出拋下姊姊的話。即使是姚紫雅這種表裡不一的女人，對神子來說，終究還是她的親人嗎……

大漢不懷好意地瞟了兩名少女一眼，舉起粗大的手便要往她們抓去。忽然一把小刀從看熱鬧的人群中激射而出，正好插在大漢的手臂至沒柄。還好小刀短小，不然單是這一刀，或許便可把他的右臂廢了。

張老頭也不管小刀是誰射出的，揚手幾支銀鏢便往射出小刀的方向射去。這老人心機深沉，心想打傷幾名圍觀民眾還說得過去，但把人殺了只怕難以向白家莊交代。因此這一手只意在將對方逼出來，同時也算是向姓歐陽的同伴有個交代。所以老人計算過下手的力度與位置，即使被射中也不會致命。

伴隨著「叮叮噹噹」的清脆響聲，飛射而出的銀鏢忽然在空中墜下，仔細一看，每支銀鏢竟全都被銅錢打斷！

銀鏢的體積與質量豈是銅錢可比，即使老張並沒有使出全力，但對方的手勁還是讓他驚懼。

「哎呀！真可惜，打不中我、打不中我。」譏笑的話語來自一名吊兒郎當的少年，少年穿著一件髒兮兮的布衣，像個痞子似地蹲在高高的竹欄上。隨手拋起數枚銅錢，輕鬆接著後又再次拋起。

「嗨！小白，好久不見了。」看到出手的竟是一名年紀不大的少年，眾人本已很驚訝了，想不到對方還是被調戲的其中一名少女的舊識，就連被小刀刺中的歐陽大漢也一時忘了疼痛，視線在少年與琉璃之間來回穿梭。

「什麼小白……」似乎對這個像狗的名字很抗拒，少年抓了抓頭，一臉無奈地道：「我可是有名字的，姓白名銀，妳又忘了嗎？何況妳每次都必定要用『小』喊我的話，本人還是想要選『小銀』。雖然最希望的還是妳能正正經經地喚我作白公子或是白兄啦！白哥哥也可以哦，小琉璃。」

「白銀!?」林公子震驚地瞪大了雙目，驚呼：「你就是白天凌的獨子，白家莊少主白銀？」

「啊……你又是誰？」依舊嬉皮笑臉地蹲在欄上，自稱白銀的少年完全沒有拯救姚紫雅的打算。只是托著頭、滿是興味地看著林公子快速變換各種表情的臉。

歐陽大漢喝道：「這位是林門的少主林子揚，連這種事也不知道，還敢掛著白家少主白銀的名字招搖撞騙，你這小鬼還眞是膽大包天！」

白家莊現任當家今年都六十了，雖然聽說他有一名九代單傳的獨子，可是眼前這小鬼怎樣看也只有十六、七歲，這年紀當白天凌的孫子也略嫌小，更何況是兒子!?

看到歐陽大漢一口咬定眼前人是冒牌貨，張老頭搖了搖頭，覺得此刻妄下定論過於草率。雖然他也認爲這名髒兮兮的少年並不會是白家莊少主，但對方膽敢冒充白家少主，說不定還眞的與白家有點關係。何況剛才阻止自己暗器的那一手，可以

看出少年是有眞功夫的。

林公子聽到來自荒漠的朋友這麼說，因白銀的出現而動搖的心情才總算定了下來。仔細一想，對方怎麼看都不像是武林世家的公子。何況在歐陽大漢嘲諷對方是冒牌貨時，圍觀的沐平鎭居民也沒有什麼大反應，這就更加印證了他們的猜測。

想到這裡，林子揚立即再度變得意氣風發起來。只見青年將懷中的姚紫雅甩向身旁的歐陽大漢，隨即抽出繫於腰間的劍，冷笑道：「很好，就讓我綁了這小鬼到白家去，說不定還會是一宗功勞呢！」

「等一等，林公子，還是讓我這老頭子代勞吧！這少年頗爲邪門，況且剛才的帳我也要向他討回來。」張老頭那雙比少年人還要穩定、枯黃的手，不知何時已拿著閃閃發亮的銀鏢，此刻老人正一瞬也不瞬地盯著這個自稱白銀、讓人捉摸不透的年輕人。

見狀，林子揚也樂得在旁看戲，笑道：「就交給老張你了。」

即使到了這種劍拔弩張的狀況，白銀還是沒有一點兒應有的緊張感。只是以很無聊的表情看了看殺氣騰騰的張老頭，隨即打了個呵欠，詢問不遠處的少女，道：「我說小琉璃呀，妳這次又招惹了什麼麻煩？」

琉璃露出「一副天塌下來也有你頂著」的安心表情，笑道：「請先弄清楚，人家現在要找的可是小白你這個『冒牌貨』，可不關我的事呀！」

眼看自己早已擺好架勢，對方卻仍是一點也不緊張地談笑風生。被人如此看輕還是第一次，即使是城府極深的張老頭也不禁動怒了，手中的銀鏢脫手便向少年射去！

「看鏢！」飛鏢離手後，老人才出言示警，誰都看得出這一手根本就與偷襲無異。

白銀隨即停下拋著銅錢的動作，隨手一甩，三枚銅錢一先兩後地從少年手中飛出，瞬間便來到銀鏢前。只見第一枚銅錢把銀鏢攔腰截斷，而尾隨的兩枚卻同時打中兩截斷鏢，斷鏢頓時向老人的方向射了回去！

沒想到少年有此一著，張老頭敏捷地向旁閃避。老人縱橫江湖的經驗並不是白白得來的，即使在躲避的瞬間，還是沒有放過攻擊的機會，手一甩，又是六枚銀鏢以不同角度向白銀射去。

只聞「鏗鏗鏘鏘」的聲音此起彼落，不論銀鏢從哪個角度飛來，少年還是以三枚銅錢還擊，先從中打斷後再把斷成兩截的飛鏢打回去，看得所有觀眾目瞪口呆、神往不已。

總算狼狽地躲開了所有白銀「回敬」過來的斷鏢，此刻張老頭也心知肚明，對方使暗器的手法相較於自己不知強了多少倍。至今白銀都只是把自己的銀鏢打回來，並沒有主動攻擊，說明這年輕人是有心禮讓。只要自己收手，對方應該不會繼續追擊。

然而張老頭行走江湖多年，如今敗在一名如此年少的對手手下，實在嚥不下這口氣，因此老人仍不願罷手。手一揚，漫天的銀鏢頓時像暴雨般射向白銀。數十枚銀鏢同時準確地射向對方穴道，這一手可說是老張畢生所學精華。然而這些銀鏢還是避開了人體的致命大穴，畢竟少年武功高強加上身分未明，何況對方剛才對自己顯然是手下留情，因此張老頭也不好下殺手了。

怎料就在圍觀眾人也不禁爲白銀擔憂之際，卻見琉璃吃吃笑道：「那麼多銀鏢，小白你再用銅錢把銀鏢打下去，只怕你會傾家蕩產喔！」

一直蹲在竹欄上的少年聞言只是笑了笑，輕輕往地面一躍後伸出手，竟將數十枚銀鏢一支不漏地接在手裡！

少年一連串接鏢的動作實在太快了，眾人只覺眼前一花，不知怎地數十枚銀鏢已然到了他手中。隨即白銀收起吊兒郎當的表情，忽然很認眞嚴肅地向觀眾們抱拳行禮，道了聲：「獻醜了。」

圍觀群眾愣了愣，隨即爆發出熱烈的喝采聲。

驚人的喝采聲中，琉璃掩嘴一笑，俏皮地道：「剛才那麼闊綽地大撒銅錢，現在心痛了嗎？拿了人家的銀鏢來典當零錢可不是個好習慣喔！」

「誰說我要拿去典當？又不是眞的純銀煉製，這些銀鏢根本賣不到好價錢，我才懶得帶著它們到處跑。」

想不到琉璃說得煞有介事，白銀回得更加認眞，那副「若這眞的是純銀，我倒是會拿回去補貼家用」的表情，令在旁的姚詩雅不禁忘了剛剛的驚惶與緊張，被兩人的對話逗得笑了起來。

白銀隨即轉向林子揚三人，嬉皮笑臉地道：「喏，老爺子，銀鏢還給你們！」雙手一甩，數十枚銀鏢瞬間像是有生命似地分散射向三人。

三人同時後退，然而少年卻算好了他們閃避的路線，往往閃過了兩支，氣還沒喘一口，另外隨之而來的兩支銀鏢便正好射向他們閃躲的位置。

再加上空中的銀鏢偶爾還會互相撞擊改變路線，讓三人左閃右避地好不狼狽。偏偏壯碩的歐陽大漢身法最不靈活，在銀鏢的追擊下只好放開手中的姚紫雅。此刻什麼美人都是浮雲，保命最重要。

一陣暴風雨般的攻擊後，衣衫變得凌亂不堪的林子揚已無法繼續保持渾身的高傲與自滿。驚疑地看著再度躍回竹欄上的少年，青年陰沉地質問：「好身手！閣下到底是誰？」

側了側頭，白銀又再度在林子揚的視線下拋起銅錢來。泛起一個可愛的笑容，少年指了指自己的鼻子，道：「我不是說過了嗎？白色的白、銀色的銀，我本來還以爲自己的名字很好記呢！」

「那是騙人的！」琉璃斬釘截鐵地打斷少年的話，道：「他明明是小白。」

「……」不論怎樣看，兩人都是在唬人，林公子使了個眼色，與同伴不動聲色地漸漸把白銀圍在中心。雖說白銀身手高強，但他可不信合三人之力還不能把對方打得落花流水。

雖然林門少主仗勢凌人，傳出去也許並不好聽。但倘若他們不聯手抗敵，下一個被打得一敗塗地的便會是自己了。現在可不是說什麼江湖道義的時候，保住林門的面子才是最重要的。

要怪，便只能怪這名少年多管閒事！

「我想我們大概是有點誤會吧！在下只是看這幾名姑娘長得標緻漂亮才想多多親近。正所謂以和爲貴，若公子此刻還未能消氣，林某便在此向白公子賠個不是。」眼看歐陽大漢已經不知不覺間來到竹欄下，林子揚態度大變，竟躬身向白銀賠罪，吸引所有人的注意力，好讓同伴方便行事。

輕巧地躍下竹欄，白銀正要抱拳向林子揚回禮之際，早就偷偷繞到竹欄後守株待兔的巨漢隨即撲出，眼看虎虎生風的拳頭就要迎面擊向白銀身上！

白銀卻彷彿早已算準似地，在千鈞一髮間彎腰避過，隨即寒光一閃，一柄薄薄的短劍橫放在少年頭顱本來所在位置，劍刃巧妙地對準大漢的拳頭。這一拳倘若眞的打下去，劍只須橫放著不動，拳頭便會被一分爲二了。

歐陽大漢一驚之下慌忙撤拳，一時間沒能來得及平衡力道，巨大的身軀因突然收拳的影響而東倒西歪。

男子驚慌失措之際，忽覺左肩隱隱作痛，用手一按才發現肩膀上出現一道狹長的劍傷，傷口已經滲出血來。原來琉璃在出劍橫擋自己的攻擊以前，短劍已劃過了他的肩膀。只是對方手下留情，並沒有斬得太深，再加上當時他的全副精神都在拳頭上，竟是絲毫沒有察覺。

頓時大漢嚇得不敢動彈，心裡又驚又恐。若少女下狠手，那他這條肩膀豈非已被卸下來了？

「卡喀」一聲，林公子的下巴幾乎要和手中的劍一起掉到地上去了。他本以爲強敵只有那名自稱「白銀」的少年，原來自始至終總是站在一旁觀戰、看起來完全與「武功」二字無緣的小姑娘竟是如此強悍，那如怪物般的身手根本就與少年不分伯仲嘛！

「動作仍是如此俐落呢！小琉璃。」剛被偷襲的白銀並沒有表現出絲毫訝異，氣定神閒的表情像是早已看透林公子的計謀。再綜合他與琉璃充滿默契的舉動，跳下竹欄彷彿是爲了故意逼使琉璃出手。

「好說。」沒有矯揉造作地說出任何謙虛話語，琉璃神采飛揚地坦然接受了白銀的讚賞，陽光把少女毫不吝惜地展露出來的愉快笑容襯托得更加甜美可愛。

雖然琉璃不比姚紫雅美艷，也比不上姚詩雅惹人愛憐，然而這個女孩子總是掛著討喜、讓人親近的笑容，一雙充滿靈氣的杏眼眼波流轉，盈盈笑語間相較於姚家姊妹的嬌與柔，卻是另有一番韻味。

看到琉璃甜美靈動的笑容，林公子的骨頭也酥了。邪念大起之際忽然感到一陣劇痛，嘴一吐，竟被他吐出了滿口的血與兩顆斷牙，以及一枚銅錢！

摀住仍是冒血冒個不停的嘴巴，林子揚驚恐地抬頭，立即對上了一雙猶如修羅般的眼眸。

那名一直吊兒郎當、即使別人要殺他仍是笑嘻嘻的白銀，竟收起漫不在乎的神態。少年渾身外露的肅殺之氣，就連圍觀民眾也不安起來。在這種驚人的氣勢下，林子揚就像被蛇盯上的青蛙般，嚇得不敢動彈，深怕自己稍有動作，白銀便會如猛獸般撲過來。

「小白，殺氣很大喔！」在所有人都被少年殺氣鎮壓住的同時，琉璃竟還笑得出來，甚至不怕死地取笑白銀冰冷的殺意，對少年的轉變不見絲毫畏懼。

就在眾人皆爲琉璃輕率的舉動感到緊張萬分之際，白銀竟瞬間又變回先前那副人畜無害的模樣，一身驚人殺氣也頓時消失無蹤，道：「沒什麼，只是忽然覺得這個姓林的實在很惹人厭。」

說罷，少年像是要掩飾什麼情緒般轉開了視線，再次一臉輕鬆地拋起銅錢。

即使琉璃冰雪聰明，還是猜不透白銀怎會忽然間不高興了。看到少年賭氣的神情，琉璃笑了笑，隨即轉向林子揚三人，道：「三位還不走，是仍有什麼指教嗎？只是現在小白的心情看起來非常糟糕，萬一某位再來討教，我們就未必會再手下留情了喔！」

看林子揚被白銀嚇得不敢聲張，張老頭暗暗嘆息了聲，拱了拱手，道：「姑娘此言差矣。並不是我們要爲難這位公子，而是他冒充白家少主，我們實在無法袖手旁觀。想白家莊領導群雄、威震江湖，林門一向神往敬仰，故此林公子又怎能對眼前這種惡行視而不見？先前歐陽兄也只是想要捉拿貴友，並無傷人之意。然而姑娘卻以袖口短劍對付手無寸鐵的人，不覺出手過於狠毒了嗎？」

老人一番話下來，絕口不提先前林公子調戲良家婦女一事，把矛頭全指向白銀的身分，以及琉璃以劍傷人的「惡行」。

其實大家心知肚明，若歐陽大漢偷襲得手，那又怎會只是將白銀毫髮無傷地抓起來那麼簡單？只是對方一口咬定自己並沒有傷人之意，琉璃卻也眞的無從反駁便是了。

此刻歐陽大漢也明白即使三人齊上，都不會是眼前這對少年男女的對手。然而他千里迢迢前來與林門結盟，也不好表現得過於畏縮。現在首要的便是站在道德的高點上，於是便立即理直氣壯地附和老人，道：「就是了！各位都看到我只是徒手抓人，姑娘以劍相抗實在不是大丈夫所爲！」

琉璃掩嘴一笑，道：「我本就不是『大丈夫』呀！我只是個被人欺凌的小女子。」圍觀眾人看她回得有趣，都禁不住笑了起來。

歐陽大漢被少女一番搶白，盛怒下正要上前再大戰一場，林子揚卻雙目一揚，立即阻止他，道：「等等！歐陽兄，白家莊的人來了。」

聽到白家莊來人的同時，就連一向高傲自滿的林公子，語氣中也頗有忌憚之意。歐陽大漢見狀也不敢妄動，老實地停住了將要攻擊的動作，狠狠瞪了瞪笑得高興的琉璃。

對於白家子弟的出現，張老頭可謂憂喜參半。有了白家莊出面，這名冒充白家少主的少年是無法全身而退了。只是想及先前林子揚當眾調戲民女的惡行，老人卻又惴惴不安起來。

第六章　白家來人

紅蘭氣得七竅生煙，琉璃更是挑釁著吃吃笑道：「我們並無大仇，磕頭倒是不必了。衝著小白的面子，紅姑娘只需喊我三聲『姑奶奶』便可。」

前來的白家子弟為一男一女的年輕人，他們衣著簡樸，看起來與尋常武者無異。林子揚之所以一眼便認出二人來自白家莊，是由於這對男女的衣服上繡有代表著白家的飛鳥圖騰。

只要是白家莊出身，即使是不懂武藝的下人，也會在衣服上繡一模一樣的白色飛鳥。但白銀身上的布衣卻沒有此記號，這也是為什麼林子揚會認定對方是冒牌貨的主因之一。

此時那對男女已然來到眾人面前，男的氣宇軒昂、穩重嚴謹；女的則是艷若桃李，卻滿身傲氣。看到白家單來了二人便有如此氣勢，林子揚不禁心中一沉，心裡對於白家有著如此出眾的弟子是又妒又怕，益發不敢大意，他道：「兩位好，在下林門林子揚。」

二人知悉眼前的青年是林門的少當家時，並沒有表現出太大反應，只是有禮卻冷淡地拱了拱手。

見對方竟對他素來自傲的身分表現得如此輕描淡寫，林子揚不禁流露出不悅的神情。然而此刻白家來者對他們來說終究是強援，因此他還是忍氣吞聲，沒有發作。

就在林公子想要惡人先告狀之際，卻見兩人竟越過他，向身後的少年恭敬地行禮道：「參見少主。」

無視林子揚一伙人震驚的表情，白銀回以一禮後淡淡笑道：「尹師兄、紅師姊，也見過琉璃姑娘吧！」

兩人聞言怔了怔，對望一眼後，男子尹智輝便依言向白銀身旁的少女躬身行禮，道：「見過琉璃姑娘。」而另一名白家子弟紅蘭，則是滿臉不情願地敷衍地拱了拱手便作罷。

「兩位，好久不見了呢！」琉璃也不在意，笑著回以一禮。

「原來是白當家的兩位高足，失敬！失敬！老夫剛才已在想，尋常子弟又怎會有如此凜然的氣勢呢？原來是白老前輩的嫡傳弟子。『藍拳』與『紅娘子』果眞是如江湖傳聞般郎才女貌、天造地設的一對呢！」張老頭看到二人向白銀行禮時已心知不妙，他爲人心機重，眼看勢頭不對，便轉而向兩名白家子弟拉關係、套感情。

尹智輝與紅蘭身爲白天凌的嫡傳弟子，身分在白家莊裡也是尊貴無比。作爲師兄、師姊的他們，就連少主白銀也要禮讓三分。直至出來行走江湖，更是憑藉一身武功打響了名堂，對於張老頭那種奉承的讚美話，早就聽得麻木了。

然而好聽的話還是不嫌多，只見尹智輝嚴肅的臉色稍顯柔和，紅蘭更是因張老頭最後的一句話而心花怒放。

須知兩人青梅竹馬，紅蘭自幼便對尹智輝心生情愫。然而師兄生性嚴謹內斂，即使兩人情投意合，還是謹守禮教，絲毫不見情人間應有的親暱。雖然紅蘭從不懷疑尹智輝對她的情深，但偶爾還是略感美中不足。

張老頭見紅蘭面露喜色，知道這個馬屁拍對了。尹智輝看師妹被老人哄得高興，對林子揚三人不免心生好感。

「各位能否告知在下因何事鬥爭？再過數天便是師父的壽辰，尹某不才，希望眾位看在在下的面子上大事化小，大家和氣收場是最好不過。」尹智輝一番話說得很得體，姚詩雅見狀暗暗點頭，心想同是武林世家，這白家莊可比林門正派多了。

「尹兄，並不是小弟不肯賣這個人情。即使我們願意就此作罷，只怕這位琉璃姑娘也不肯罷休。」林子揚收起劍，輕搖紙扇地步出。他本生得俊，此刻收起臉上高傲與邪淫之意，看起來倒瀟灑俊逸，完全看不出先前那猥褻下流的痕跡。

「林公子此話怎說？」紅蘭看到對方斯文俊逸，便先存了三分好感，待聽到對方說及事情的起因似乎是琉璃不對，她更在心裡暗暗有幾分認同。

只因紅蘭與琉璃性格不合，再加上她早就看這個來歷不明卻受到師父與白銀看重的少女不順眼，只是礙於白銀的面子不好與琉璃作對。心想先聽聽林子揚怎樣說，說不定還可以趁機教訓一下這個眼中釘。

先前白銀命二人向琉璃行禮，林子揚早就看出他們的不情願。他雖不及張老頭老奸巨猾，卻巧言令色。只見他詞鋒銳利，言談間只以一句「與小姐們發生了一點誤會」，便將調戲姚紫雅一事輕輕帶過。所著重的卻是琉璃以劍對付手無寸鐵的歐陽大漢，並將人傷得見血一事。

尹智輝看了琉璃一眼，表面上絲毫不動聲色，心裡卻對少女的行徑深感不齒。心想怎麼少主也跟著對方胡鬧了？

這小師弟雖然平常老是吊兒郎當的樣子，但於大事上向來不含糊。然而他隨即想到白銀素來與琉璃交好，若看到對方身陷險境，只怕白銀不明就裡便出手幫助。況且琉璃的手段他也見識過不少，因此對林子揚的話雖有點起疑，但還是隱約認同了。

相較於尹智輝的半信半疑，紅蘭則是立即便信了林子揚的話。她早已對琉璃心存偏見，此番見林子揚說得合情合理，她又是火爆性子，加上平時被人寵慣、奉承慣了，當下便發作，道：「琉璃姑娘，身為習武之人，『仁義』兩字不敢忘。敢問姑娘，林公子的話當眞？」

看到師妹雖是問話，但態度咄咄逼人，再加上她手中已握了劍柄，一副躍躍欲試的神情，尹智輝便知道一場爭鬥在所難免。眼看白銀笑嘻嘻的沒有阻止，心想先看看狀況再說，也就負手於背後，沒有作聲。

紅蘭見狀心裡暗喜，知道師兄是默許她動手了，更是戰意高揚，只待琉璃開口答辯。

聽到紅蘭明顯偏向林子揚一伙人的說詞，琉璃既不驚惶也不慌亂。只見少女拉住姚詩雅，在她耳邊輕語了幾句，神子看了紅蘭一眼後便點了點頭，退到白銀身旁。

見姚詩雅有白銀保護，琉璃便向圍觀民眾甜甜一笑，問：「各位還想看熱鬧嗎？」說罷，便俏皮地伸出手指在嘴角做出了噤聲的手勢。

本來民眾聽到林子揚不要臉地胡言亂語，俱是心中有氣，隨後紅蘭又是一副要開打的樣子，他們正要出聲說破三人惡行，琉璃卻在此時向他們擠眉弄眼、大打眼色。眾人見狀不禁失笑，心頭的怒氣也不禁隨著琉璃搞怪的模樣而消散。心想這小姑娘故意引起誤會，還真是頑皮得很。但看她興致勃勃、一臉技癢的樣子，倒也不忍說破，只是皆不約而同地想著只要一看勢色不對便立即出言阻止，絕不能讓雙方出現傷亡。

至於姚紫雅，則仍對先前琉璃的見死不救懷恨在心，逕自冷笑著退到一旁看好戲，更盼這二人最好打個兩敗俱傷。

「妳在做什麼！不回答我的話，卻與旁人眉來眼去!?」一向高傲自滿的紅蘭怎能忍受琉璃的輕慢？更何況這裡是白家莊的地盤，琉璃那變相削她顏面的舉動讓她怒不可遏，皺了皺眉便一劍刺出道：「看劍！」

紅蘭出手的第一招沒有使用內力，並且還大聲示警，動作倒是正大光明。只見琉璃也不拔劍，掩嘴一笑，道：「那個姓歐陽的大個子說本姑娘以劍相擊好不要臉，但那也只是因爲他技不如人。若我能以空手戰勝紅姑娘，歐陽大個子，你待如何？」

來自荒漠的歐陽大漢本就是個什麼都不懂的草包，被少女一激，便魯莽地回答，張老頭想要阻止已經來不及了。「哼！到時候我便叫妳三聲『姑奶奶』，往後在道上遇到姑娘，自會畢恭畢敬上前磕頭，然後退避三舍！」

避開紅蘭依舊接連刺過來的兩劍，琉璃於刀光劍影間步伐不緩，嘴巴亦不饒人地道：「那紅姑娘呢？要是我贏了，妳又怎樣？」

見琉璃說得自己好像必勝似地，紅蘭怒不可遏地將出劍的速度再度加快幾分，但偏偏她快琉璃更快，無論如何，琉璃總是與她保持著一定的距離。

看紅蘭氣得七竅生煙，琉璃更是挑釁著吃吃笑道：「我們並無大仇，磕頭倒是不必了。衝著小白的面子，紅姑娘只需喊我三聲『姑奶奶』便可。」

紅蘭眞是快要被琉璃氣死了，她恨不得立即將眼前的少女斬成一截截，以洩心頭之恨。只見紅娘子下手招招殺著，一張俏臉氣得發青，怒道：「那也要等妳勝過我再說吧！若我勝了也不用那麼麻煩，反正到時候妳已不知被我用劍戳出多少個窟窿了。」說話的同時，又「唰唰唰」地刺出幾劍。

兩人一個攻、一個躲，身法皆異常迅速。紅蘭殺得性起，加上新仇舊恨下更是使出渾身解數，偏偏每劍都讓琉璃閃過了。眼看兩名姑娘快如閃電般滿場遊走，被琉璃氣得失去理智的紅蘭出手更是招招凶險，彷彿二人有著什麼生死大仇。

雖然琉璃好幾次都是驚險地躲開紅娘子的攻擊，但臉上卻仍是一片輕鬆，彷彿很享受比鬥的樣子。倒是苦了圍觀眾人，他們全都緊張得手心滿是冷汗，連喝采都忘了。

見自己每一招快攻皆被琉璃閃過，久鬥不下，紅蘭開始焦躁起來。心想：妳仗著身法靈巧敏捷，一股腦兒地閃避，我卻終有追上妳的一天。這麼想著，下手就又更快了。

終於，在琉璃躍起之際，紅蘭看到了機會。只見她虛刺琉璃的下盤後，再趁著招式未老反手一劍，眼看這次身在半空的琉璃絕對躲不過。圍觀眾人皆齊聲驚呼，尹智輝大叫：「師妹，別傷她性命！」

紅娘子愣了愣，稍稍改變了劍尖指向要害的角度，卻仍是繼續往前刺去。心想：這難得的機會，我又怎能不好好出口惡氣？此刻罷手，別人還道我向妳示弱呢！拚著事後被師兄與白銀責罵，她也要先刺琉璃一劍再說！

眾人只道下一秒琉璃便要身受重傷，姚詩雅更是嚇得差點兒便要暈過去。唯獨白銀卻是搖頭苦笑，臉上的神情與其說是擔憂，倒不如說是無奈又傷腦筋。

琉璃在半空中無法借力，在眾人的驚呼聲中，只見少女竟把手伸向紅娘子的劍，看準角度往劍身一按，便在空中打了個圈子，險險避過了刺來的一劍。姿勢美妙至極，頓時喝采聲排山倒海般席捲而來。

紅蘭招式已老，心知再追擊下去也是枉然，不禁跺腳道：「妳還有沒有意思要開打？老是閃來避去到底想怎樣!?」

眾人看她在激戰中竟忽然耍起小性子，都不禁感到好笑。但礙於白家莊的面子，卻又不好明目張膽地笑出來，只能把笑聲往肚子裡吞，但嘴角還是忍不住微微彎了起來。

「紅姑娘，我答應你們不用兵器，可沒說連躲都不能躲呀！」琉璃輕輕巧巧地著地，嫣然一笑道：「何況活靶不是比不會動的靶子有趣得多嗎？還是說，紅姑娘沒有自信追得上我的速度？」

紅蘭被琉璃多次出言嘲諷，臉上彷彿結了一層嚴霜，冷冷道：「我輕功不及妳，可不代表真正對戰時比妳弱。好，我答應妳剛才的賭約，但前提是妳要好好應戰。不然……哼，妳走著瞧！」

琉璃看她仍是一副自視甚高的神情，心裡也暗道：「妳也走著瞧！」臉上卻仍是笑得甜甜地道：「那我們說好了哦，看劍！」

愣了愣，紅蘭心想：那丫頭到底在胡說什麼，她手上哪裡有劍？卻見琉璃五指一合化成手刀，催動著的內力竟讓她的指尖眞如刀刃般銳利。

正所謂禮尚往來，琉璃轉守爲攻，招式並不比剛剛紅蘭那要命的招數弱上多少。琉璃每招都不離敵人雙目，紅蘭只感到對方手刀所形成的勁風一下下掠過自己的眼皮，直把她嚇得魂飛魄散。

紅蘭的速度本就不及琉璃，此刻於對方進攻、她倒退的狀況下，就更是相形見絀。她逃命都來不及了，哪還有時間用手中的長劍反攻？

紅蘭有心認輸，但想到賭約內容卻又猶豫了，結果猶豫間琉璃的手刀便要把紅蘭戳成盲子。

大家都道紅蘭這雙眼必定要廢了，怎料琉璃的指尖卻於千鈞一髮之際停下，及時撤去的內力完全沒有傷及紅蘭一絲一毫。只見少女挑了挑眉，有點得意忘形地笑問：「紅姑娘，妳服不服？」

紅蘭早已嚇得面無血色，哪還敢嘴硬，立即點點頭。琉璃微微一笑，卻並沒有移開指著對方眼睛的手，又道：「那麼紅姑娘，願賭服輸喔。」

這一次紅蘭卻是緊咬雙唇，一臉爲難，那幾聲「姑奶奶」實在是怎樣也說不出口。

白銀心想既然雙方分出了勝負，琉璃也如願挫了師姊的傲氣便算了。一個是同門師姊，一個是自小相識的損友，他並不希望她們的感情再差下去。

看到白銀作勢上前想要勸阻，琉璃卻搶著說：「堂堂的『紅娘子』要賴帳了嗎？我倒是無所謂，不過如此一來，說不得會被人說妳配不上妳的尹師兄了喔！」

紅蘭聞言，不禁幽幽地看了尹智輝一眼。心想師兄素來律己嚴肅，要是自己在眾目睽睽之下食言，即使尹智輝不會看不起她，她將來與師兄待在一起也會感到彆扭啊！

想到這裡，紅蘭心頭一熱，頓時覺得為了她與尹智輝的未來，區區三聲「姑奶奶」又算得了什麼!?

眾人只見紅蘭的臉色陰沉不定，正猜想她會否反悔之際，女子卻霍地抬頭，連珠砲似地道：「姑奶奶、姑奶奶、姑奶奶！」

見對方敷衍了事，琉璃也不介懷，很爽快地移開了指著對方雙目的手。雖然少女並沒有發話，但看她微笑點頭的神情，簡直就是在說：「嗯，很好，乖孫子。」紅蘭不禁狠狠瞪了她一眼，這才退了開去。

以紅蘭這種高傲的性子，聽到琉璃的話後卻願意踐行賭約，顯然都是為了不被尹智輝看不起。尹智輝見狀，心裡不由得變得柔軟起來，雖然他嘴巴不說，但是看著紅蘭的眼神卻透露出感動，這令紅蘭暗暗竊喜，心想自己那幾聲「姑奶奶」叫得不冤。

白銀見狀，不禁看了看笑著跑回姚詩雅身旁的琉璃。難怪琉璃會如此堅持，原來是有這層深意啊……

相較於紅蘭的忸怩，歐陽大漢倒是爽快得多。男子一言不發地走到琉璃身前喊了三聲「姑奶奶」，隨即更跪下「砰砰砰」地磕了三個響頭。

「妳這娘兒手上功夫的確夠硬，即使當時妳沒亮出兵器，我也不會是妳的對手，本大爺輸得心服口服！」

琉璃看他豪爽應約，也就還了半禮。心想比起那總是滿腦子計算著人的張老頭及林子揚，這大漢倒是魯莽得可愛。

林子揚與張老頭對望了一眼，兩人都知再待下去絕對討不了便宜，趁著歐陽大漢履行賭約時，便想偷偷逃開。

「等一下，哪能讓你走得那麼輕鬆！」先前不知躲在哪裡的姚紫雅，忽然從人群中衝了出來，朝紅蘭抗議道：「這個男的剛才無禮輕薄我，妳怎能讓他就這樣說走便走？」

紅蘭看到姚紫雅如此無禮地質問自己，立即冷聲反問：「輕薄無禮？怎麼剛才林公子說出事情經過時，卻不見這位姑娘出來對質。現在人家要走了，姑娘這才出來阻撓？」

姚紫雅頓時語塞，她本懷著讓兩人打個兩敗俱傷的惡毒心腸，但這種事情又怎能說出來？林子揚三人見姚紫雅一時之間想不出話來應對，立即不再久留，飛快離開了。

眼看事情已經解決，尹智輝走到白銀身前低聲說道：「那位琉璃姑娘身分成謎、師承不明，還請少主多加提防，別與她太親近了。」

紅蘭經過此次事情後，對琉璃更感不喜，也小聲地在白銀耳邊多加一句：「我看那丫頭爲人狡詐、武功又高，背景卻神神祕祕的，接近我們白家莊說不定是不安好心呢！」

見白銀聞言只是笑了笑，顯是沒把他們的話放在心上，二人也就嘆了口氣不再多言，向少年行了一禮後便先行離去。

圍觀眾人看到沒戲看了，也就一哄而散。他們來得快、去得也快，那擠滿了人的大街瞬間變得寬闊起來。

「他們說我來歷不明，要你對我小心提防，對不對？」看到眾人俱已散去，琉璃眼珠子靈動一轉問道。

白銀笑著反問：「妳又知道了？幾年不見，小琉璃練成千里耳了嗎？」心裡卻不得不佩服心機靈敏的少女，能如此準確地猜測出二人的心思。

「我了解的人不是他們，而是小白你。剛才他們與你說話時，你的神情太容易猜了。」琉璃癟了癟嘴。

「原來小琉璃並不是練成了千里耳，而是練成讀心術了，失敬失敬。」說罷白銀更是裝出誠惶誠恐的神情，向眼前的少女連連作揖。

「好啦！你可別再左顧右盼，交出來吧！」琉璃掩嘴一笑，向白銀大剌剌地伸出手。

白銀聳了聳肩，一臉哀怨地道：「眞過分，每年小琉璃只來沐平鎭一次，每次來找我都是同一件事。我說小琉璃，妳就不能偶爾單純過來探望我嗎？」說罷，他便遞上一支珠釵交至少女手裡。

即使是一向過慣了穿金戴銀奢華生活的姚紫雅，看到這支珠釵時，也禁不住雙眼發直，差點兒連口水都流了出來。

那是一支以清雅的淡紫色爲主調的珠釵，珠釵上的精緻珠花以琉璃珠組合而成。垂吊下來的琉璃珠花隨著擺動互相碰撞，叮噹作響煞是悅耳動聽。最令人驚歎的，是那些製成珠花的琉璃，每顆琉璃珠中都蘊含著一道搖曳的清澈火光，彷彿帶有魔力般，令人移不開視線。

「以琉璃作釵上的吊飾，這不是很容易破損嗎？」姚詩雅不同於姊姊看到髮釵後的痴迷神態，於驚歎過後便率先想到了很現實的問題。

「這是火琉璃。」白銀洋洋自得地笑道：「可是比寶石更珍貴的珠寶喔。以特有礦石精煉而成，一年只能煉製出稀少的分量。適合煉製火琉璃的天然火種也異常稀少，正好白家莊擁有一座歷時千年的焰穴，才能每年保持一定的產量呢！」

白銀說罷，接過了琉璃手上的髮釵，竟取出銅錢彈指擊向它！白銀的手勁是大家見識過的，再加上銅錢與髮釵的距離如此相近，姚家姊妹立即想像到髮釵被毀的情境！

正要惋惜好好的一支髮釵就這樣被毀壞，卻見被銅錢擊中的髮釵不但沒有截斷，就連裂痕也沒有！

看到兩名少女目瞪口呆的神情，白銀把珠釵交還給琉璃，神情更是得意地道：「火琉璃看似脆弱易碎，實是天下最堅硬之物。」

「天呀！若這至堅之物所煉製的不是飾物，而是兵器……」姚詩雅喃喃自語。

把珠釵收好了的琉璃嫣然一笑，接下神子的話續道：「那就是天下最堅硬的兵器了。」

姚紫雅語氣嬌柔，卻以一副挑釁的神情說道：「哎呀！那麼就是說，琉璃姑娘以如此珍貴的素材製煉首飾，還眞是大材小用了呢！」

「殺人的是人，並不是武器。」琉璃悠然地說：「在姚大小姐眼中這只是小小的珠釵，但到了擅用暗器之人手中，這些美麗的珠花難道不就成爲了最凶悍的暗器了嗎？」

第七章　壽宴

眾人視線不約而同移至白銀身上，此時再無人懷疑這名吊兒郎當的少年到底是不是老莊主親生的了。

這一老一少寵起琉璃來，根本一個模樣嘛！

看到趾高氣揚的姚紫雅頓時語塞，琉璃也就不再理會她，轉而向白銀盈盈一笑，道：「一年不見，伯父身體安好吧？」

挑了挑眉，白銀笑道：「小琉璃有心了，家父身體安康。適逢家父六十大壽，若小琉璃當日能到場祝賀的話，我想家父必定會很高興吧。」說罷，少年頑皮一笑，續道：「當然，也很歡迎小琉璃的朋友——這兩位美麗的姑娘，以及那幾位躲在暗處的公子們同來祝壽。」

因琉璃的要求而一直躲在暗處的左煒天等人，聞言只得一臉尷尬地現身，想不到原來白銀早已察覺到他們的存在。

早前琉璃說有辦法爲他們取得壽宴的請帖，但條件卻是今天一整天他們只能遠遠跟著，無論發生什麼事都不能出手干涉。當時琉璃信誓旦旦地保證著姚詩雅的安全，因此宋仁書他們便答允下來。想不到這名神祕的小姑娘竟與白家少主是舊識，而且交情更是好得不在話下。

看到暗處出現三名氣宇軒昂的美男子，白銀上前拱了拱手，問：「三位是爲官之人，對吧？」

三人心頭一驚，想不到少年連這點都看透了，只見白銀笑嘻嘻地道：「我所了解的人不是眾位，而是小琉璃。因為她的一番舉動實在太明顯了。」

聽到少年抄襲自己先前所說的話，琉璃也就學著少年的語氣回道：「原來小白也練成了讀心術呢！失敬失敬。」

看白銀明明被琉璃擺了一道，卻仍能毫無芥蒂地與少女嬉笑玩鬧，宋仁書等人發現他們實在看不透這個年輕人。這名白家少主看似漫不經心，可是於細節上卻很注意；看似吊兒郎當，然而武功卻又如此高強。

其實不要說白銀，他們就連作為朝廷與白家橋梁的琉璃，也仍未摸清底細，結果只能一直處於被動狀態。

被白銀直言問及身分，祐正風知道實話實說才是上上之策，他道：「是的，在下祐正風，這位是我們花月國的繼任神子姚詩雅姚姑娘，另外兩位分別為左將軍左煒天，以及宋丞相宋仁書。」

聽到眼前那名柔弱溫順的姑娘便是下任神子，白銀不由得露出訝異之色。然而這神情也只是維持了短短幾秒，少年很快地便笑容可掬地上前向姚詩雅行禮道：「見過神子。」姚詩雅見狀，慌忙回以一禮。

「那麼壽宴的事……」宋仁書小心翼翼地詢問。

「包在我身上好了。」白銀漫不在乎地答允幫忙，道：「既然小琉璃都設了一個陷阱讓我傻傻現身了，那麼不幫忙也說不過去。只是事先聲明，讓你們進去不難，但你們被老爹轟出去的話，我可就沒辦法了啦！」

琉璃看白銀說得委屈，便一笑道：「什麼陷阱的多難聽啊，這叫作『願者上鉤』。」

白銀癟了癟嘴，道：「明明妳就是故意的！根本從一開始便用自己作魚餌來釣我出來，眞過分。」

吃吃地笑著，琉璃一臉理所當然地道：「沒有相當分量的魚餌，又怎能讓魚兒乖乖上鉤呢？我這也算看得起你了，釣別人的話我才不會用自己來當餌。」

白銀聞言也不生氣，反向少女裝了個鬼臉，這動作孩子氣十足。他道：「反正我就是那條呆魚兒對吧？」

□

得到白銀的有力保證，一行六人於壽宴當天便帶著壽禮，光明正大地往正門而來，果見身為白家莊少主的白銀早已在大門等候多時。

琉璃與白家顯然交情不淺，路途中少女熟絡地與四周的白家子弟打著招呼。一眾弟子看到她時都表現得恭恭敬敬，絲毫不敢怠慢。有些輩分較高的弟子則是與少女笑談了幾句，可看出琉璃在這裡的人緣著實不錯。

「白公子，在下冒昧，想請教一個問題……」祐正風正要道出心中的疑惑，白銀卻笑著打斷他，道：「祐兄若想詢問的是小琉璃的背景，那麼恐怕要讓你失望了，因為我所知的也不比大家多出多少。」

認爲白銀所說的話純粹是搪塞之詞，左煒天爲人爽直，單刀直入地說道：「白兄請勿誤會，我們並不是想探聽琉璃姑娘的隱私。只是與她同行良久，除了她的名字以外，我們對她根本就是一無所知。所以……」

「左兄你也誤會了，並不是在下不想相告，而是我與眾位一樣。雖然與小琉璃相識的時日不算短，但至今還是只知道她的名字。至於小琉璃的來歷、師承，我實在是一概不知。」

聞言，三名男子頓時浮現出不相信的神情，宋仁書脫口詢問：「怎麼會？你難道沒有追問她嗎？」

怎料白銀忽然收起吊兒郎當的笑容，很認眞地詢問道：「有這個必要嗎？」

三人頓時語塞。

「或許尹師兄與紅師姊有，可是在下從沒詢問過。當年忽然出現的小琉璃拯救了白家莊，讓我們逃過一劫。我只知道她的恩情是全莊上下都應銘記於心的，而小琉璃也是個値得結交的朋友，謹此而已。」說罷，少年認眞的神情一轉，又變回先前的嬉皮笑臉道：「反正會背叛的人，不管多了解他的背景還是會背叛啦！對方告訴你的來歷，也不見得是眞實的。我與之結交的是人不是背景，而且我也相信自己看人的眼光。」

三名男子聞言，浮現出若有所思的神情，最後皆釋然地笑了。

「小銀、小彗！」忽然前方響起琉璃的呼喊聲，雖然稱呼帶有微妙的不同，然而眾人聽到「小銀」時，視線皆不約而同地鎖定在白銀身上。

被大家注視著的白銀卻無奈地攤了攤手，一臉「很抱歉，她叫的並不是我」的表情，各人這才疑惑地把視線再度轉回琉璃身上，這一看卻再也移不開視線。

只見琉璃笑著伸出臂膀，一隻巨大的雪白獵鷹拍動著翅膀飛翔而至，並穩穩地停頓在少女手臂上。

獵鷹的體積比尋常飛鷹稍大，通體雪白的羽毛中竟沒有一絲雜色，看起來威風凜凜。看雪鷹在陽光下閃爍著冷光的鷹嘴與利爪，沒有人會質疑這頭猛禽的攻擊力。要不是琉璃用內力把手臂護著，這獵鷹單是停棲的動作已足以讓少女受傷了。

賓客中被雪鷹吸引了視線的更是不少，一時間讚歎聲此起彼落。

「這……是琉璃姑娘飼養的飛鷹嗎？」祐正風仔細打量眼前的雪鷹，目中透露出止不住的讚歎之色。雖然軍隊中不乏用來傳信及視察的飛鷹，可又怎及得上眼前的雪鷹分毫？

「牠們是我養的啦！眞過分呀白彗，你這個重色輕友的傢伙！還是銀雪夠義氣，懂得第一時間先過來找我。」從後緩步而至的白銀酸溜溜說道。

眾人回頭一看，才發現少年的肩膀上不知什麼時候也站立了一頭銀鷹，純白的羽毛末端是均勻美麗的銀色花紋，在陽光下閃閃生輝。

毫不理會白銀那張怨婦般的臉，琉璃輕抬手臂，讓白彗處於與祐正風同等的高度道：「喏！小彗，這是祐正風祐公子。」

雪鷹看了一眼，接著竟撇開視線，露出不屑的神情，彷彿在說：「不外如是而已，還不及本大爺長得俊美。」

看到雪鷹的反應，祐正風不禁又是好氣、又是好笑。想不到人人崇拜稱頌的右將軍，竟會在這種狀況下被一頭飛禽鄙視。

白彗絕對是雄的——這點在看到牠對琉璃介紹過的所有男性不屑一顧，卻對所有女性百般依順以後，左煒天得出的結論。

到達舉辦壽宴的大廳，一雙飛鷹識趣地並沒有跟進去。只見牠們拍動翅膀飛離二人的肩膀，如此通曉人性的舉動，再次讓兩名將軍看得又羨又妒。

白銀把眾人帶到白天凌面前。三人暗暗打量眼前的老人，滿頭銀髮的白天凌雖已六十高齡，但精神奕奕的他卻沒有一絲老態，那高大挺拔的身材，以及不怒而威的氣勢，讓他們不禁在心裡喝一聲采，心想稱霸江湖的白家莊莊主果眞名不虛傳。

聽到宋仁書三人均在朝爲臣，白天凌不禁爲難地皺了皺眉。但看三名青年面對他時態度尊敬卻不亢不卑，不禁先存了三分好感。又見他們所送贈的賀禮名貴，足見對自己甚是看重。何況三人更是白家恩人琉璃姑娘帶來的，若把人趕走，只怕會削了少女的顏面。衡量過事情輕重後，白天凌也就緩和面色，向眾人笑著說了幾句客套話，並沒有當場發作。

「一年不見，小琉璃長得愈發標緻了。怎麼到了沐平鎮不直接來莊裡住，作爲白家莊的恩人，妳竟然在外住客棧，這不是打了老夫一巴掌嗎？」在琉璃面前，這聞名天下的白莊主竟變得沒有一點架子，毫不掩飾他到底有多喜愛這個活潑俏皮的小姑娘。

眾人對望了一眼，心想也難怪他的女徒弟紅蘭對琉璃沒有好臉色了，她絕對是在吃醋啊！

琉璃微微一笑，道：「不久前我才得罪了莊主的兩大弟子，只怕再到貴莊打擾並不是很適宜。」

怎料白天凌聞言竟說：「怕什麼，他們招惹妳的話，動手打就好啦！反正以妳的實力，交起手來也不會輸。他們抱怨的話，就說是我叫妳打的！」一番話出自老莊主口中，聽得眾人下巴都掉到地上了。

頓時眾人的視線不約而同飄移至白銀身上，此時再無人會懷疑這名吊兒郎當的少年到底是不是老莊主親生的了。

這一老一少寵起琉璃來，根本就是一個模樣嘛！

由於賓客眾多，因此老莊主縱然依依不捨，也不得不離開琉璃去招呼其他客人。白天凌爲人豪爽，素來愛好交友，這天六十大壽，各處到來的賀客竟有三千多人，一眾江湖中人猜拳鬥酒，甚是熱鬧。

看到壽宴如此熱鬧，左煒天讚歎道：「素聞白家莊莊主交遊廣闊，果眞是聞名不如見面。」

「琉璃姑娘，我們要詢問的事情……」看到白天凌爲了招呼賓客而分身乏術，姚詩雅根本就找不到時機上前詢問妹妹的下落，不禁暗暗著急。

姚紫雅當然不希望眾人能順利獲得有關姚樂雅的任何線索，立即搶著道：「人家白老爺子這麼忙，我們就別再去打擾他吧！有什麼問題可以晚一點再問。」心想晚點壽宴結束後所有賓客作鳥獸散，到時候白家只會更加忙碌。何況到時他們也不好意思再賴在這兒不走了吧？

看姚詩雅一臉擔憂，琉璃輕握著她的手，胸有成竹地說：「放心吧！妳會有機會詢問莊主的。」

或許是因爲琉璃與白家莊的關係，但更多的卻是因爲打從心底信任對方，姚詩雅聞言立即展顏一笑，剛才苦惱的神情頓時煙消雲散。

看到這溫馨的一幕，宋仁書卻是皺起眉，讀書人總比武者想得更深更遠。相較於左右將軍，他至今仍是對琉璃那特意隱瞞身分的舉動無法釋懷。縱然他信得過少女的爲人，可是畢竟神子全然信任的人竟是名不知底細的少女，這點實在令他不得不擔憂。

「也許你們會認爲我太多心，可是我始終……」

「以前的話，或許我不這麼認爲。」抬起手示意宋仁書不用再說下去，左煒天以相同凝重的神情看向不遠處與神子嬉笑著的琉璃說道：「可是現在即使是最大刺刺的我，也無法不對她感到顧忌了。」

看到年輕的丞相露出不明所以的神情，祐正風解釋道：「她所使用的劍法，我們有印象。」

祐正風求證似地看向另一旁的左將軍，在對方頷首以後，青年嘆了口氣續道：「她那種看不出軌跡的神速劍法，帶有鬼王所使的武功影子。」

「你是說琉璃姑娘是鬼之國的人嗎？可是她的外貌並不相像。」鬼之國位於地表之下，那裡居住著擁有鮮紅色瞳孔、經常試圖侵略地表世界的鬼族。但琉璃的外貌與常人無異，怎麼看也只是名普通少女。

「何況她若有心加害我們，根本不用親自動手，只要袖手旁觀，我們早已死在那無色無味的劇毒手中了。再加上旅途中她多次出手相助，本來我們實在不應該懷疑她。但事關神子安全，還是把此事留上心較為穩妥。」

對於祐正風的提議，二人當然沒有意見。就在三人各懷心思之際，所有賓客已全數入席。忽聽幾聲呼喝聲由遠處傳來，似乎是外頭出事了。看到白天凌並沒有理會，依舊從容不迫地享用著眼前的菜餚，眾人也就繼續歡宴，心想門外的白家弟子自會把人攔下。

只是大家都疑惑著白家莊爲武林之首，到底是誰這麼有膽量，竟敢在太歲頭上動土？一時間想走出去看熱鬧的人倒是不少，但礙於主人家的面子倒不便動身，只能於心裡猜測著外面的戰況。

怎料呼喝聲幾乎沒有停頓地此起彼落，顯然外頭弟子根本無法阻攔來者。至此白天凌不禁皺了皺眉，心想那人來得好快！

見狀，賓客們更是在意起來，不知何時起，熱鬧的大廳變得安靜，所有人都留心著外面的聲響。

驚疑於來者的強大，心知駐守在外的弟子是攔不住他了，尹智輝與紅蘭交換了一眼，便推椅起身，向師父躬身說道：「就讓弟子出去會一會他吧！」

頓時賓客間一陣騷動，這兩人是白天凌的入室大弟子，於江湖中也是享負盛名的後起之秀，來者竟能驚動這兩名高手，足見白家對對方的武功評價有多高。

然而坐在老莊主身旁的白銀卻笑了笑，道：「也不忙，既然對方已經來到大門了，就讓他進來吧！我也想看看是何等人物，竟敢單槍匹馬闖進莊內。」

白天凌讚許地笑了笑，白銀擅用暗器，故此耳目相較於尋常武者更爲聰敏，能從腳步聲聽出來者人數這點並不難得，最難得的是他那種臨危不亂的氣勢。白天凌老來得子，對這名獨生子自是疼愛萬分，此時看兒子益發有著少主應有的領導者氣勢，不禁感到滿懷安慰。

很快地，一名風塵僕僕的青年便闖進大廳，一身粗陋的衣衫卻掩不住對方渾身強悍的氣息，那是名比眾人想像中要來得年輕的男子，只見青年面對著眾人的視線卻連眉也不抬，那副目中無人的冷酷狂妄，卻在視線觸及琉璃那一桌時稍稍潰散，露出了訝異的神情。

這名獨闖白家莊的青年，如果不是姚詩雅曾經的未婚夫葉天維，又會是誰？

「天、天維？」姚詩雅喃喃自語地道出愛人的名字，正想要上前相認，卻在看到青年眼神中的示意後停下動作，機警地裝作與他互不相識。然而少女一雙滿載柔情的眼神，卻是一眨也不眨地投放在葉天維身上。

「葉某天維向白老莊主祝壽。」想不到這個闖入白家莊的青年禮數頗足，只見他拱一拱手後便遞上一份壽禮。那是一個看起來平平無奇的絨袋，然而絨袋中竟放有數十顆圓潤的夜明珠，每顆足有雞蛋般大小。這種夜明珠單是一顆已價值連城，此刻數十顆同時出現，頓時照得整座大廳滿室生輝。

白銀看到壽禮貴重，不但不歡喜，反微微皺起眉來。他本以爲葉天維是來挑釁鬧事的，可是見對方此番舉動卻又不像，這讓他益發猜疑對方硬闖進來的目的。

白天凌顯是相同心思，只見老莊主沒有立即接過禮物，只是微笑稱謝：「葉少俠客氣了，只是閣下闖進來，絕不只是爲了祝壽那麼簡單吧？」

看到白天凌沒有接過壽禮，葉天維便毫不在乎地把手中的珍寶放在餐桌上，隨意得就像那些珍貴的夜明珠對他來說只是尋常的飾物般，微不足道。「好！白莊主果然爽快，那在下就打開天窗說亮話吧！素聞白家莊莊主爲人豪爽好客，今天一見果然名不虛傳。只是白莊主的朋友實在太多了，以致當中混雜著奸邪之徒也是在所難免。」

葉天維一開口便得罪了所有賓客，群雄聞言不禁譁然，有幾名沉不住氣的更是怒吼道：「臭小子！你這麼說是什麼意思？你說的奸邪之徒是指我們嗎？」

就在群情洶湧之際，白銀忽然笑道：「各位稍安勿躁，我想葉公子所說之人絕不是各位。誰不知林英雄素來行俠仗義、見義勇爲？還有黃家的樂善好施、張大俠的爲人我也信得過。各位都是我敬仰的英雄前輩，又怎會是奸徒呢？」

這些沉不住氣發難的人雖不能說在江湖上沒沒無名，但只是些略懂武藝的草莽。白銀不只能一個個喚出對方的姓氏，更對對方的背景瞭如指掌。一番話下來，硬是把幾人哄得服服貼貼，這倒是讓葉天維始料未及。此時青年才凝神打量這個吊兒郎當又過於年輕的少莊主，再也不敢掉以輕心。

「素聞白家少主聰敏機智，年紀輕輕已有乃父之風，果眞名不虛傳。」

白銀微微一笑，拱了拱手，道：「不敢。」

忽然葉天維神色一轉，滿臉陰沉地厲聲道：「只是希望你別阻撓我辦事，不然大家走著瞧吧！就看看我葉天維會不會怕了你們白家。」

少年聞言竟也不生氣，又是笑了笑，道了聲：「好說。」

葉天維冷笑起來：「哦？是怕了我嗎？想不到名震天下的白家莊少主也不過如是。」

「不敢當。」

聽到這裡，大家都不禁暗暗好笑，忽然一個少女嗓音帶著笑意響了起來，道：「你還看不出他在敷衍你嗎？沒見過那麼不乾脆的，快點兒說正題吧！」說話的人正是琉璃，只見她笑語盈盈，清脆動聽的聲音加上俏皮的表情，倒讓大廳內那股緊張的氣氛頓時沖淡了不少。

被少女搶白了一番，葉天維不悅地皺起眉，冷冷地道：「姑娘果然伶牙利齒，葉某佩服。」

少女甜甜地笑了笑，竟學起白銀拱了拱手，道了聲：「不敢當。」

青年眉間的摺紋再度加深了幾分，也不再與他們鬧下去。高傲地仰了仰頭，葉天維語出驚人道：「在賓客送來的壽禮中暗藏赤霜丸，不知莊主是否知情？送壽禮的人，少莊主還能否稱他爲大英雄、大豪傑？」

一番話頓時令眾人聞風色變，就連剛剛把葉天維耍著玩的白銀也是神色一變，語帶慌亂地道：「眞有此事？」

第八章　赤霜丸

賓客中不乏眼光銳利之輩，兩柄長劍相接不到一秒便迅速分離，但他們還是看出二人的意圖，甚至能看到雙方的內力竟然系出同源！

赤霜丸外型像顆晶瑩剔透的淡赤色露霜，然而它的名字雖然好聽，卻是天下間蠱毒之最，武林中人說及之時無不切齒痛恨。只因此蠱毒溶於清水中無色無味，內藏無數蠱蟲蟲卵，任你武功再高強，只要沾染了一點兒，便終生成爲下蠱者的傀儡，永遠無法違抗對方所下的任何命令。

只是這赤霜丸製作困難，小小一顆丸子卻需要三十年光陰才能煉成。何況此蠱毒必須配以人心煉製，單是煉製過程已得犧牲多條人命，加上母蠱難得，於是這種丹丸便成了傳說般的存在。

卻見葉天維冷冷一笑：「這還有假的嗎？難道我長途跋涉趕來，就是爲了散布不盡不實的謠言？在下倒還想請教白公子，這些美酒是哪位賓客送來的賀禮？」

白銀使了個眼色，立即有白家弟子將其中一罈美酒打開。頓時滿室酒香，美酒狀似並無異樣，實在看不出有任何特異之處。

「葉公子口口聲聲說酒中藏有蠱毒，可有憑證？」

葉天維仰起頭，語氣中滿是狂然的傲慢，他道：「就憑這是由我口中說出來的話，還要什麼憑證？」

「葉公子可別含血噴人。」賓客中忽站起一名少婦，那女子三十左右的年紀，卻仍風韻猶存，是個水靈靈的佳人。她並非絕色，卻是個很懂得打扮的女人，淡黃的衣裙襯得她一身秀麗更顯雅緻，柔柔的嗓音帶有一種特別的語調，軟綿綿的聽著令人很舒服。

此女正是逸明堡堡主的三女，逸嫣然。她生性斯文溫婉，即使與葉天維對質，語氣仍是斯斯文文地道：「這些美酒是我們逸明堡送來的，可是逸明堡素來以俠義為先，絕不會煉製此等害人的毒物。」

「白兄，你我相交數十載，素知逸某為人。請白兄謹慎處理此事，可別只聽從這青年的片面之詞。赤霜丸入水即溶、令人防不勝防沒錯，但誰都知道它的缺點，便是內裡的蟲蟲遇水後必須盡快進入人體，不然很快便會死亡。」逸明堡主忿忿不平地向白天凌拱一拱手，再狠狠地瞪了滿面不屑的葉天維一眼。

「逸堡主你既花盡心思下毒，又怎會單純把赤霜丸內藏美酒便了事？」葉天維譏諷道：「雖然我不知道你用了什麼方法把赤霜丸藏於美酒中，但壽禮多送藥材，你爲什麼會送美酒？也只有這些數量龐大的美酒，才能輕易提出請白莊主取出部分與一眾賓客分享。逸堡主，一千罈不錯的美酒呢！好大的手筆！」

白銀聞言也覺葉天維說得有理，看到逸明堡送上一千罈美酒作爲賀禮時，少年已經覺得有點奇怪。但白家莊與逸明堡素來交好，他便沒有多想。

看到眾人的表情明顯動搖，葉天維續道：「想試試這酒有沒有問題的話那還不簡單，只要找個人把酒喝掉不就行了？既然逸堡主堅稱美酒沒毒，就請堡主親自證明一下自己的清白吧！」

白銀聞言心中一驚。環視四周，只見眾賓客臉上均有不忍之色，逸堡主則氣得滿臉通紅，但葉天維一臉理所當然。少年暗想：「這人性子好狠，實是個厲害的角色。」

「是我提議爹送上千罈美酒祝壽。因爲想著白世伯朋友眾多，什麼樣的壽禮收不到？因此覺得簡簡單單的美酒反而更能凸顯出彼此的情分，同時又能與眾賓客共歡，絕非不安好心。」逸嫣然輕輕說著，那輕柔斯文的語調像極情人的溫柔細語，宴席中較爲輕浮的年輕一輩聞聲不禁臉上發紅，偷偷地往女子的方向打量過去。

「哦？」葉天維挑了挑眉，那股咄咄逼人的氣勢並沒有因爲逸嫣然的一番話而消失。

「逸姑娘已經解釋得很清楚了，你這個姓葉的到底有完沒完呀？再說，就憑你一個無名小輩，也配在眾多英雄面前放肆？」忽然一陣充滿輕蔑的嗓音厲聲喝罵，從眾多賓客中挺身而出的俊逸男子，正是不久前才被白銀打得滿口鮮血的林門少主林子揚！

原來林子揚自見到逸嫣然後，眼光便片刻不離她身上。雖然女子的年紀稍大了點，更傳言是個剋死丈夫的寡婦，可是那股少婦才有的獨特風韻，卻讓他心猿意馬，滿腦子只想著怎麼一親芳澤。眼看心儀女子遭葉天維爲難，林子揚竟不自量力地管了起來，只想在逸嫣然面前博取一個好印象。

沒有任何先兆，本來站立不動的葉天維忽然動手，瞬間已來到趾高氣揚的林子揚面前，朝完全來不及做出反應的林門少主迎面斬來，出手又快又狠。

林子揚嚇得魂飛魄散，他武功本就不及葉天維，失了先機才想反擊談何容易？眾人可以預想，下一秒爲美人強出頭的林子揚便要血濺當場、身首異處了！

忽「嗤」地一聲，一件暗器適時把林子揚撞了開去。雖然林子揚因而在一眾武林同道面前摔得非常狼狽，但這攔腰撞來的暗器卻正好讓林子揚避過了迎面而來的一劍。

此時，救了林子揚一命的暗器也從男子身上滾落在地，那竟是一顆未脫殼的花生！眾人見狀皆大吃一驚，心中驚歎：「能用這麼小的花生把人彈開，這手暗器功夫已經驚人，最難得還要沒有傷及林公子分毫，勁度的控制就更是讓人不得不佩服，到底是誰？」

同時間「鏘」地一聲，琉璃拔出不知是藏於身上哪兒的短劍，俐落地把葉天維的劍格了開來。少女出手的速度竟不遜於激射而出的暗器，如此一來即使暗器不至，林子揚在琉璃的庇護下亦能安然無恙。眾人又是心中一驚，心想：「好高明的輕功！好靈巧的身法！」

一招後便被琉璃纏得無法脫身的葉天維，他的反應令人大感意外，只見他訝異地「噫」了聲，冷俊的臉上竟露出七分驚訝、三分慌亂的神情。然而這神情只是一閃而過，很快他便收拾心神，凝神與琉璃交起手來。

兩人出劍的速度很快，看得一眾賓客眼花撩亂，無一不瞪大雙目，生怕錯過任何一個精彩的動作。讚歎著二人身手的同時，心裡不禁疑惑不已，心想如此厲害的年輕高手，怎會於江湖上沒沒無聞？

琉璃與葉天維所使的劍法都是以快爲主，姿勢優美飄逸間卻是招招殺著。這高深精妙的劍法，在場一眾江湖人士無人能叫出其名！

二人似乎對於對方的招式瞭如指掌，有時候單是看到對方的前半招，另一人便已瞭然於胸似地立即變招應對。雖然招招殺著，但兩劍碰撞上的時候竟是不多。與其說二人在拚命，倒不如說看起來像在切磋。

激戰中琉璃忽然中門大開，葉天維不加思索地便一劍刺去。少女竟也不閃避，而是以同樣的一劍往前刺出。

眾人驚呼聲中，兩劍竟巧妙地碰在一起，二人趁著兩劍反彈之勢，各自往後退了開來，姿勢甚是美妙。卻是二人以劍爲媒介，各自試探著對方的內力！

賓客中不乏眼光銳利之輩，兩柄長劍相接不到一秒便迅速分離，但他們還是看出二人的意圖，甚至能看到雙方的內力竟然系出同源！

當然能擁有此等眼力的人並不多，誤以爲這一劍只是巧合的人佔大多數，然而這並不影響眾賓客對兩名年輕人的欣賞。見識到二人的武功後，眾人皆起了愛才之心。即使是先前對葉天維心生不滿的人，此刻也希望他們能夠就此罷手，化干戈爲玉帛。只是這青年狂妄高傲，想必不能接受與一個小姑娘打成平手作結局，恐怕最終還是會堅持分出勝負吧？

可是葉天維的反應卻再次讓眾人吃了一驚，只見青年沉默片刻後，竟把劍尖垂下，並向少女躬身行禮，態度恭敬地道：「師姊。」

這一下現場頓時炸開了鍋，誰能猜到前一秒仍在生死相搏的二人竟屬同門？所有人皆目瞪口呆地看著二人，大廳內呈現鴉雀無聲的詭異狀態。

「從我使出第一招劍式時，你應該已經認出我的劍法了吧？卻還是故意裝傻鬥下去，是不服氣被我這個年紀小的師姊踩在頭上嗎？」琉璃笑盈盈地質問，雖然話裡滿是責備，然而那副笑容可掬的模樣顯然沒有眞的生氣。

面對琉璃的責問，葉天維收起素來的冷傲，實話實說道：「當中的確存了觀察師姊的意圖，但主要是由於師姊的年紀意外地年輕，因此在下只好斗膽試一試師姊的劍法。看看到底是眞的由師父傳授，還是以其他途徑得來。須知本門武功來歷特殊，我實在無法不謹愼小心，還請師姊見諒。」

琉璃倒是欣賞對方的坦白，笑嘻嘻地問：「那現在心服了嗎？還要不要再打下去？」

葉天維忽然看了白銀一眼，再轉向琉璃恭敬答道：「不敢。」

琉璃不禁嬌嗔道：「好的不學，卻偏偏學他。」

笑罵了葉天維兩句，琉璃便向眾人朗聲說道：「師弟性子魯莽，說話不分輕重，小女子琉璃在此代他向各位賠罪。還望各位看在師弟奉師命行事，急於為師父分憂的份上，不要記恨在心裡才好。」

眾人都覺琉璃雖是葉天維的師姊，可是做事很有分寸，言談間給足別人面子，不禁暗暗地點了點頭，對這個甜美的小姑娘更添好感。

「姑娘何須如此？這只是一場誤會，現在誤會既已解開，就繼續歡宴吧！」被葉天維當眾奚落的逸堡主本心有不甘，可看琉璃並沒有護著自己的師弟，反向眾人賠罪起來。自己身為逸明堡當家，若仍記恨難免顯得氣量狹小。既然如此，何不大度地表示自己並不在意？

「師姊，此事萬萬不可！」葉天維皺起眉道：「這些酒確實有古怪，我們絕不能就此作罷。」

葉天維此話一出，再次引來一陣騷動。各人都想琉璃已向逸堡主賠過罪了，這青年卻仍是不肯罷休，難道葉天維真的別有用心，故意誣害逸明堡不成？

白家卻抱持著旁觀心態沒有作聲，正所謂寧可信其有，白家已決定不會在壽宴中飲用這些美酒，甚至還暗暗考慮著要不要找一頭動物來試試，雖然酒裡若真的被下了赤霜丸，在敵人不催動母蠱的狀況下，子蠱會一直潛伏著，看不出異樣。

「各位請稍安勿躁。」琉璃笑了笑，忽然快如閃電地出手，竟是狠狠敲了敲葉天維的頭，道：「你呀！給我少說兩句！」

看葉天維忿忿不平地退到一旁，琉璃這才續道：「我這師弟總是說不出什麼好話，可是……」少女明亮的雙目環視了在場眾人，竟自有股威嚴，讓那些鼓譟不滿的聲音不禁安靜下來，道：「他並不是個會說謊的人。」

眾人頓時譁然，琉璃這麼一說，不就表示逸堡主送的美酒真的有問題嗎？

在一片竊竊私語中，琉璃依舊面不改色地一臉輕鬆說道：「小白，可以麻煩你把那盤溫水給我嗎？」

雖不知琉璃的葫蘆裡到底賣什麼藥，可是白銀還是爽快應道：「好！」

只見少年手一托，那盤給賓客用來清潔雙手的溫水便平平穩穩地往琉璃處飛過去。要把水盤丟出去並不難，最難的是水盤平穩得沒有濺出一滴水來。

看到這一手功夫，眾人立即聯想到那顆救了林子揚一命的花生。對於當時到底是何人出手，心裡也有了猜測。

輕巧地接過迎面飛來的水盤，琉璃隨手便把酒罈口連同木塞一起斬開，隨即示意一名白家子弟破開指頭，往溫水滴上幾滴鮮血，便將連著罈口的木塞往泛著淡紅的溫水裡丟去。

「這是！」過了一會兒，眾人駭然地看著木塞裡鑽出數百條細白蟲子。最嚇人的是蠕動著的蠱蟲竟有一張類似人類的臉，一排利齒開闔間更發出如嬰兒哭泣的聲音。看到如此詭異噁心的情景，有些較膽小的武者家眷忍不住尖叫了起來。

琉璃解釋道：「想來這些就是蠱蟲了。我相信葉師弟的情報，因此一直苦思著赤霜丸裡的蠱蟲為什麼在酒裡那麼久也不會死亡。唯一的解釋便是赤霜丸與酒水是分隔開來的，只有在酒罈被打開時才會掉進酒裡。而酒罈中我最先想到能收藏赤霜丸的地方，便是位於上方的木塞了。不過機關設計得很巧妙，我對此沒有研究也就不花費工夫，乾脆將整個木塞丟進溫水裡，反正效果也不差……另外為了讓蠱蟲盡快孵化，因此請這位兄弟友情貢獻幾滴鮮血出來。」

聽到琉璃的話，那位剛剛被少女要求滴血的青年不由得苦笑不已。

若不是葉天維及時制止，這些噁心的蟲蟲此刻生長的地方便不會是水盤，而是自己的體內！一想到這點，眾人立即嚇出一身冷汗，對青年不禁又是感激，又是慚愧。

「怎、怎麼可能……」逸堡主面如死灰地跌坐在地。

葉天維冷笑道：「水是由白家少主送來，鮮血也是白家子弟提供。你該不會想要辯稱，我們師姊弟與白家莊合謀誣衊你們逸明堡吧？」

長嘆了聲，萬念俱灰的逸堡主維持著坐在地上的姿態，面對眾人的殺意絲毫沒有抵抗的意思，他道：「老夫無法反駁，可是年輕人呀！有時眼前所看到的事物，並不一定是眞實的。」

「你是想說你們逸明堡是無辜的嗎？別笑死人了！」幾名賓客頓時破口大罵了起來：「枉費你們自稱正派，卻幹出這種豬狗不如的事情來！」

在眾人一片叫罵聲中，葉天維緩緩舉起手中的劍。與逸堡主素有交情的白天凌想要阻止，但想到對方的惡行，最終也只是嘆了口氣，沒有作聲。一些與逸明堡交好的賓客則是一臉不忍，同時又難以相信對方竟會幹出這種事。至於白銀的神情最奇怪，他似乎發現了什麼，與琉璃交換一個眼神後，少年便向身旁的白家子弟交代了幾句話。

葉天維揮劍往倒坐於地的逸堡主斬去，這一劍又快又準，若被命中必死無疑。然而逸堡主卻只是垂著頭動也不動，竟完全不作抵抗。

皺了皺眉，若說對方是在作戲博取同情也未免太過了。雖然心裡起疑，可是葉天維畢竟不是心慈手軟的人，心神只略微遲疑了瞬間，卻無礙手上的速度，長劍準確地往對方頸子落下！

忽然刃光一閃，隨之而來的是刀劍斷裂的聲音。琉璃那柄薄薄的鐵劍被葉天維一劍擊得斷開，卻也因此解了逸堡主的危機。

葉天維大驚，連忙穩住偏離軌道的劍，這才不致傷及少女。卻見琉璃不閃不避，逕自看著手裡的斷劍呆呆發怔。

賓客中不乏見多識廣之人，葉天維那把泛著青黑冷光的長劍，一看便知是以玄鐵打造的神器。然而在先前的戰鬥中，琉璃那柄幾乎只能稱作「玩具」的鐵劍，卻能與葉天維的長劍平分秋色。當時眾人都誤以爲琉璃的鐵劍雖不起眼，卻必有著過人之處。

然而此刻看它與玄鐵劍硬碰硬之下，輕易便被折斷，顯示出這柄短劍只是由普通鐵片所打造。這麼說來，能夠用那柄廢物鐵劍勝過玄鐵劍，雙方的劍法造詣便高下立見了。

「哎……又斷了……」聳了聳肩，琉璃隨手便將手裡的鐵劍拋在地上，滿臉不甘地開始碎碎唸：「硬碰硬的話果然承受不住玄鐵劍的一擊，出劍的角度還是有待加強呀……」

眾人不禁汗顏，心裡吶喊著：「還有待加強？妳到底想變得多強!?」

清楚明白了雙方的差距，葉天維這才終於對琉璃心悅誠服。他本還很自負地認爲，剛才一戰若繼續打下去，自己即使不能獲勝卻也不至落敗，然而此刻才明白到自己這個猜想有多無知可笑。

想到與琉璃一戰，自己仗著兵器之利仍無法戰勝，葉天維不禁滿心慚愧。

可是一事歸一事，此行是師父交代的任務，並不是琉璃所能干涉的。葉天維重新擺好架勢，劍尖指向少女身後的逸堡主，道：「師姊，請讓開。」

「我知道這是師伯的命令，我也不是想要阻撓你。只是先讓我請教逸堡主幾個問題，到時候你再殺也不遲。」

說罷，琉璃也不理會對方是否答允，便逕自詢問起身後的逸堡主，她道：「逸堡主，據我所見，除了這些美酒以外，逸明堡還以一匹白玉駿馬雕塑作爲賀禮，對嗎？」

不明白琉璃詢問這些到底有何用意，但逸堡主還是點了點頭答道：「是的，這是老夫早在年初便已購入的賀禮。」

琉璃繼續詢問：「這雕塑手工精美、用料名貴，作爲賀禮已是很得體了，然而逸明堡卻還外加了一千罈美酒。若我沒記錯，剛才令千金逸嫣然姑娘與葉師弟對質時，曾提及這全是她的提議對吧？」

有不少人已聽出琉璃的弦外之音，逸堡主猶豫片刻，這才下定決心般咬牙道：「對！」

「等等！逸姑娘呢？」提及逸嫣然，眾人才發現那名令人印象深刻的美麗少婦，不知什麼時候竟消失不見了！

「少莊主，我們查探了整個白家莊內外，都沒發現逸姑娘的蹤影。」數名白家子弟急奔而至，原來不單只琉璃，就連白銀也對那看似溫婉賢淑的寡婦起了疑心。

事已至此，逸堡主也不禁對逸嫣然有所猜疑。畢竟送酒一事確是由女兒一手安排，再加上她的失蹤，怎麼想都很可疑。即使如此，他還是忍不住為女兒辯護起來，道：「怎麼會？嫣然性子一向溫柔斯文，絕不會幹出這種事情！」

葉天維聞言冷笑起來道：「逸堡主，你也別說得太肯定，須知咬人的狗可是一向不吠的。」看老人震驚的神情不像偽裝，青年也就移開了指著對方的劍，只是嘴巴依舊得勢不饒人，無禮狂妄得很。

琉璃收起了笑容，只見少女猶豫片刻，道：「那麼最後一個問題，只是這個問題……若各位信得過在下，可否讓我單獨詢問逸堡主？」

這次下毒，顯然是以整個武林作目標。看其宏大的手筆，下手的人絕不只有逸嫣然一人。這次逃過一劫，難保往後不會再遇上這種情況。雖知明槍易擋、暗箭難防，在場每個人都希望獲得的情報愈多愈好。

偏偏提出請求的人是琉璃。在此次事件中，大家雖沒有言明，但早已把琉璃與葉天維視爲救命恩人。因此面對少女的要求，他們深感爲難。

「姑娘，請妳即席發問吧！」逸堡主道。

「逸堡主，這問題牽連甚廣，一個弄不好，逸明堡便很難再在江湖上立足了，請三思。」

「多謝姑娘美意。」嘆了口氣，此刻的逸堡主看起來就像一下子老了數十歲似地，道：「這次的事情與小女嫣然脫不了關係，即使她是老夫的親生女兒，但老夫還是無法放任她在外胡作非爲。事關整個武林的安危，在場每一位都有權利知道眞相。」

一番話說來情理俱在，即使是對逸堡主仍心存芥蒂之人，聞言也不禁暗暗點了點頭。心想女兒雖不肖，可是身爲父親的卻還是很明白事理的。

第九章　蛇蠍美人

武功練得再高又怎樣？面對朝廷這個龐然大物，
這些武林高手所能做的也只有跪地求饒了。

「既然逸堡主這麼說，那恕我直言。」琉璃點了點頭，道：「據我所知，逸姑娘曾出嫁三次，然而三次皆因丈夫過世而搬回娘家。琉璃斗膽詢問堡主，逸姑娘的三任丈夫是在什麼時候過世的？」

又是一陣竊竊私語，難怪琉璃要求這個問題要獨自詢問，原來是問及了姑娘家的私事。逸嫣然先後侍奉三名丈夫，這在江湖中本就不是祕密。然而知道是一回事，公開把事情說出來，逸嫣然難免會被說成福薄之人。因此琉璃這才猶豫吧？只是琉璃說此事牽連甚廣，卻是讓人不明所以。

也許早已作好心理準備回答琉璃的任何問題，因此逸堡主聞言也只是愣了愣，隨即便直言不諱地道：「小女第一次出嫁是夫人仍在世的時候，應是十一年前。然而小女尚未過門，對方卻忽然因急病過世，因此當年嫣然未曾離家。」

頓了頓，老人續道：「第二次則是在八年前，雖然嫣然自嘲爲不祥之人，並且言明不願再嫁，可是嫁得名好夫婿卻是女子一生的幸福，因此我還是把她許配給經商的張家。然而就在嫣然嫁至張家的第三個年頭，女婿也因急病過世了。」

嘆了口氣，老人感慨地續道：「至此老夫亦覺得，嫣然的命也許眞的不適合婚嫁，那麼就想著讓她留下來繼承逸明堡也不錯。直到去年年初王家上門提親，王公子是王家獨子，他直言不介意嫣然年紀較大，也深知她的往事，認爲命硬剋夫只是迷信之說，並揚言喜愛嫣然的賢淑溫柔，發誓會好好照顧她。老夫看他對嫣然用情至深，也就答允了。怎料……」眾人聞言不禁感慨萬分，只因王家公子也在今年年初病逝。

「今年的年初、八年前，以及十一年前嗎？」琉璃努力回想著多年來於江湖上發生的無頭公案，道：「今年的話，是這次的白家莊事件……」

一直在旁靜靜旁觀著事件發生的祐正風，忽然領悟到琉璃詢問這一席話的目的。想起了記憶中的某起事件，他喃喃自語地道：「十一年前的蘇家命案……」

男子的聲音雖小，卻還是清清楚楚傳進了所有人耳中。沉思著的琉璃霍地抬頭，語氣是罕有的嚴峻又認眞：「逸堡主，你還否記得十一年前蘇家被滅門時，令嫒身在何處？」

逸堡主臉色變得蒼白，他亦已猜到了少女話中的意思。只見老人顫抖著身子，斷斷續續地道：「當年……嫣然的第一任丈夫死後……她說想出遠門賞雪散心……就……就到了北方……正好就是蘇家所在的城鎮……」

「那就是了。」點了點頭，琉璃看了白銀一眼，道：「八年前，是白家莊，以及楚天霸。」

眾人不禁感到一陣毛骨悚然。

若果，十一年前的滅門慘案，以及八年前白家與楚家的戰爭也是由這名女子所引起，那麼，她的數任丈夫眞的是因急病而死嗎？

這個女人趁著外嫁期間實行計謀，任務完成後以丈夫「急病而死」爲理由，她便能順利回到逸家並隱藏其中，靜待下一次的出擊時機。

素聞逸嫣然知書識禮，與丈夫鶼鰈情深，然而又有誰能料到，枕邊人的溫婉嫻淑，竟是索命的手段？

「如無意外，這次的事情應是逸嫣然一手策劃，與逸堡主無關。當然，這事情還得進一步調查。這裡有眾多前輩在，我們就不僭越了。師弟，師伯給你的任務已經達成，你這就回去覆命吧！」

葉天維沒有多說什麼，向琉璃行了一禮後便轉身離去，甚至沒有回頭看姚詩雅一眼。這名神祕的青年來得快、去得也快，轉眼間便不見蹤影。

白天凌深深注視著青年離去的方向，心想這對師姊弟還眞有趣。身爲師姊的琉璃俏皮聰敏，言語間討喜有禮，給足別人面子，人緣極佳。偏偏師弟葉天維高傲狂妄，那雙難以馴服的眼神像極一匹來自荒漠的孤狼。二人的武功又是如此高明，並且來歷無跡可尋。到底是怎樣的師父才能教導出兩名性格迥異，卻又如此優秀的徒弟？

似是看出白天凌的疑惑，琉璃解釋：「其實我們的師父並不是同一人，雖然我學習的劍法是由師伯——也就是葉師弟的師父所傳授，但正確來說，我們甚至稱不上同門。只是因爲我們的師父曾經因爲賭氣，擅自訂下將二人畢生所學盡數教給對方的徒弟，讓集合兩家所長的兩名弟子進行比武的賭約。」

「咦？」不怪眾人震驚，本門武學一向是不外傳之祕，很多時候還是一個門派的機密。誰會像他們師父那麼霸氣，爲了打賭而將武學教給別人的弟子？

「當時他們在爭執誰選徒的眼光較好、誰的徒弟天賦比較高，結果便想到這個用徒弟來當賭具的奇葩賭約。因爲他們覺得只有學習的內容一樣，比武時才能眞正測試天賦高低，結果倒是便宜了我們……偏偏這二人逕自訂下這奇怪的賭約後，卻又莫名其妙地和好了，因此便成了這種奇怪的狀況。」琉璃哭笑不得地補充道。

「葉師弟的師父雖然不是我眞正的師尊，卻與師父無異。只是他們都堅持不接受自家徒弟喚別人作師父，爲了稱呼問題，他們再次鬧翻，足足打了三天三夜，轟掉一座高山外加毀了半座森林，最後得出以年紀作排序的結論。葉師弟的師父年紀較大，由此我尊稱一聲『師伯』。順帶一提，我與師弟的排序，是以初次交手的實力來劃分。這次我勝出，所以我是師姊。」

「……」眾人聽到這裡，已經不知該說什麼才好了。

「另外，我覺得葉師弟其實並不是眞的像大家所想的那麼冷漠。」琉璃看了看姚詩雅，意有所指地笑道：「那只是因爲他把所有情感都放在同一個人身上，並且還拙於表達。」

聽到琉璃這番話，紅蘭心有所感地抬首偷看了身旁的師兄尹智輝一眼，卻正好對上男子看過來的深情眼神。兩人臉上一紅，慌忙移開視線。還好眾人都把注意力集中在琉璃身上，倒沒有人注意到他們的異樣。

「只是這些壽酒該如何處置？」人群中，一名男子出言詢問。那是名年約三十的男子，外表溫文爾雅，長相更是俊美異常。他身處人群之中時從未引起任何人注意，此刻站了出來，卻有一番獨特的魅力，吸引所有人的目光。

與男子同桌的眾人面面相覷，皆在心裡嘀咕：「怎麼剛才竟沒有注意到，有一名如此出色的人物坐在自己身旁？」

只聽男子緩緩道：「這些壽酒，可說是改變了形態的赤霜丸，要是放任不管，不知道會出什麼亂子。當然，白莊主素來仁義，赤霜丸在他手中我是絕對信得過的。」

白銀聽了他的話，不覺打了個寒顫。男子語氣溫和、態度關切，然而話裡的含意卻十分狠毒。

經此一役，白家莊獲得大量令人聞風喪膽的赤霜丸。赤霜丸的恐怖有目共睹，手中擁有赤霜丸的白家莊難免會受到武林同道的猜忌。萬一將來有人被赤霜丸所害，白家更成爲首要被懷疑的對象。

感受到白銀猜疑的目光，男子毫不退縮，而是微笑著坦然與之對望。他的眼神溫和而不帶絲毫攻擊性，很容易便能獲得別人的好感。面對如此眞誠的眼神，白銀不由得開始懷疑是不是自己太敏感了，也許這人說出這番話只是單純的好意？

「毀了它吧！爹，可以嗎？讓我即席把這些壽酒燒燬，在場的眾位賓客都是見證人。」

「當然，這種害人的東西，我們留下來做什麼？」白天凌很贊同白銀的提議，心想這兒子沒有被眼前的利益迷住，實在非常難得。

隨即，白莊主把目光投放至男子身上，道：「還未請教公子貴姓大名？」

男子拱了拱手，道：「在下姓王，是代替抱病在床的朋友衛秋明到白家莊送上壽禮的。」

「原來是衛大俠的朋友。」想起自己的確派出請帖給衛家，白天凌點了點頭示意了解。

「白莊主，用火恐怕不能完全將赤霜丸燒燬。」看到白家準備用火燒，對蠱毒略有涉獵的宋仁書出言提醒：「赤霜丸內藏的蠱蟲並不畏火，蟲卵細小卻異常堅硬。即使壽酒被燒燬，蠱蟲的蟲卵也會殘留下來，到時禍害更深。」

「那宋公子知道將其徹底消滅的方法嗎？」雖然不喜官場中人，可是這關乎白家莊的聲譽，白天凌還是放下身段向宋仁書請教起來。

「方法我是知道的，只是……」說到這兒，青年忽然嘆了口氣，隨即便閉嘴不語了。

白銀立即上前向宋仁書三人彎身作揖，道：「家父對三位確實比較冷淡，但也沒有任何失禮之處。此事關係重大，還望宋公子賜教。」

「不！白兄你言重了，並不是我不想說。」宋仁書連連搖手，道：「只因就我知道的方法，以現在的條件絕對無法達成。」

「我們會想辦法的。」白銀堅持道：「只求宋公子說出方法，敝莊上下自是感激不盡。」

「三弟，讓他們死心好了。」托著頭，左煒天無所謂地笑道：「完美消滅蟲卵的方法，就是神子使用神力將蠱毒淨化。」

左煒天的話讓白銀沉默了好一會兒，最終少年洩氣地說道：「是嗎……原來如此……那就沒辦法了。」

想不到消滅赤霜丸竟要用到神力，姚詩雅瞪大雙目，感到非常意外。

姚詩雅對白家莊的印象很不錯，再加上經琉璃的介紹認識了白銀，雖然彼此之間的情誼算不上深厚，可是她實在很希望能幫助對方度過這次難關。

可是從她得知自己繼承了神力的那天起，姚詩雅便多次嘗試引導出這股屬於她的神奇力量。然而也不知是否由於她「不完整」，至今爲止，除了偶爾能使出讓種子發芽、令花蕾開花這種小法術之外，便與普通人沒什麼差別。

琉璃走到姚詩雅的身邊，悄悄地詢問：「詩雅姊姊，妳想要嘗試幫助小白他們嗎？」

「琉璃姑娘，請妳不要慫恿神子。」祐正風面露不悅地道：「在這種力量還不完整的時候……」

「那又怎樣？」琉璃無所謂地聳了聳肩，道：「大不了不就是幫不上忙嘛。可是總比起什麼也不幹來得好，至少有個希望不是嗎？」

祐正風還想要再說什麼，卻因姚詩雅簡單的一句話而住口。「我想試一試。」

對他們來說，神子的話就是不能違抗的聖旨，即使他們並不想讓姚詩雅在這種龍蛇混雜的武林聚會上露面，卻無法阻撓神子的意願。

此時，眾人仍爲怎樣處理這些壽酒爭辯不已。有些人提議把它埋在人跡罕至的地方，亦有人建議交由白天凌看管。不論哪個提議都有反對的聲音，畢竟再怎樣處置，也無法令人放下心來。

「請讓我試一試吧！也許我有辦法將赤霜丸消滅。」少女清脆的嗓音響起，爭辯著的眾人訝異地看過去，只見一名文秀的美麗少女嬌怯地站了出來。

對於少女狂妄的話，眾人皆不以爲然，道：「姑娘妳看不清狀況嗎？現在大家煩得很，妳就不要添亂了。」

出乎眾人意料，這名弱不禁風的少女並沒有因而退縮，也沒有計較眾人的無禮，反倒是她身後的宋仁書等人神色一沉，露出了不悅的神情。

白天凌雖然事先不知道姚詩雅的身分，可是眼看宋仁書等人對她呵護備至，先前與這名少女對話時態度又異常恭敬，對她倒不敢有絲毫輕視，他道：「請問姑娘說要一試，難道是知道除了神力以外，還有消滅赤霜丸的方法嗎？」

「不，我仍是沿用宋公子提議的方法。雖然仍未能掌握神力的用法，但既然神力能夠消滅蠱毒，我認爲一試無妨。」

姚詩雅的話語說得雖輕，聽在聚人耳裡卻像驚雷炸響。除了早就知悉她身分的少數人，所有人無不看著少女呆呆發怔，露出活像見鬼似的表情。

忽然，「撲通」的聲音此起彼落，剛才那些奚落過姚詩雅的人倏地面向少女跪了下來。

開什麼玩笑！為什麼沒有人告訴他們，眼前的人竟是高高在上的神子!?

武功練得再高又怎樣？面對朝廷這個龐然大物，這些武林高手所能做的也只有跪地求饒了。

不少賓客偷偷打量著白家人的神色，卻見白天凌等人同樣露出震驚的神情，看起來倒不像裝的。

再聯想到得知消滅蠱毒得用到神力時白家的表現，便可確定白家莊事先並不知道姚詩雅的身分。

似乎覺得眾人驚訝的表情很有趣，琉璃興致勃勃地東張西望，卻忽然感到手臂被某個東西輕輕一撞，低頭一看竟是枚小小的花生殼。

不用猜也知道射出花生殼的人是誰，琉璃毫不猶豫地往白銀的方向看過去，卻見少年正努力地向她擠眉弄眼，嘴角往白莊主的方向撇了撇，再向姚詩雅的方向挑了挑眉，活像個傷及顏面神經的重傷患。

忍不住「噗哧」笑了出來，琉璃無視白銀幽怨的目光，向白天凌道：「白莊主，神子之所以會來到沐平鎮，實是想向莊主打聽一件事情。」

「琉璃姑娘，我……」姚詩雅不禁慌了，發揮不出多少神力的她根本不知道能否幫上忙。琉璃把這事當作獲得情報的籌碼，實在讓她無法不心虛。

姚詩雅看向微笑著的琉璃，只見她一雙靈動的眼眸彷彿帶有千言萬語，有點俏皮、有些狡詐，但最多的卻是信任與關懷。

單是一個眼神，姚詩雅便被琉璃無聲說服了，硬是把拒絕的話吞了回去，深深吸了口氣，姚詩雅表現出柔弱外表下堅強的一面：「我會盡最大的努力嘗試，也請白莊主……」

「老夫承諾，到時候必定知無不言。」白天凌倒是爽快，立即明瞭地拱了拱手，就在所有人面前做出承諾。

聽到姚詩雅願意出手相助，包圍在壽酒四周的人全都往後退開，把位置讓了給這位年輕的新任神子。

雖然在琉璃的影響下把話說得滿了，可是姚詩雅實際上卻不知該怎樣操作，最終只能不知所措地站在壽酒前拚命想辦法。

看到姚詩雅茫無頭緒的樣子，宋仁書已經後悔剛剛沒有盡全力阻止神子表明身分，左煒天甚至考慮是否該把神子拉回來。

有別於兩兄弟的焦慮，祐正風神情雖然也透露著擔憂，可是看向袖手旁觀的琉璃時，目光中卻透露出一絲明悟與感激。

琉璃走到束手無策的神子身旁，姚詩雅立即往少女投以一個求助的眼神。

「妳看我也沒用啊！對於神力這種東西，我可給不了妳任何意見。」令人驚訝的是，琉璃破天荒地拒絕了姚詩雅的求助。

「可是……」姚詩雅忽然住口，她終於察覺到自己有個很大的缺點，就是她總是無意識地依賴別人。

是的，她太過依賴了。即使對於消滅赤霜丸根本沒有任何把握，但最終卻在琉璃的鼓吹下應允下來，輕率地認爲總會有辦法。

琉璃，以及大家會替我想辦法的。

可是她卻忘了身邊的人只是沒有神力的凡人，而自己卻是即將領導國家的神子。有些事情只有神子才能做到，同時這也是神子應盡的責任。姚詩雅想到這裡，心裡頓時充滿了歉疚與慚愧。

其實這也不能怪姚詩雅，畢竟她獲取神力的時日尚短，因此一直未能把自己的位置擺正，依賴身邊人也是很正常的。換作在平常，讓她慢慢適應就好。

可是從這段時間所發生的事情可以看出，現在的花月國並不如表面和平，如此一來，姚詩雅這種依賴便會變得很致命。祐正風等人早已察覺到這點，可作爲臣子的他們卻又不知該如何開口，只能急在心裡，想不到琉璃卻用這種方法讓姚詩雅自行醒悟。

琉璃看到姚詩雅確實好好反省，露出一副「孺子可教」的表情，滿意地點了點頭。

琉璃上前拉起少女的手，笑道：「雖然神力我不懂，可是身爲神子的妳是應該懂的，不是嗎？」

姚詩雅聞言，一臉欲言又止；琉璃微微一笑，續道：「起碼我從未聽說過哪一任神子需要使用特殊方法才能將神力引爲己用，因此我想，這對於神子來說，應該是猶如呼吸般自然的事情才對。若眞的不知道該怎樣做，何不向天神尋求幫助與指引呢？」

說罷，琉璃指了指姚詩雅手臂上，那被衣袖遮掩著的蓮花印記，鼓勵道：「神子，是天神的女兒對吧？」

反正也沒有其他方法，姚詩雅選擇聽從琉璃的建議，這總比什麼都不嘗試便放棄爲好。

輕閉雙目，姚詩雅努力讓自己平靜下來，然後在內心向天神做出祈求。也許是因爲姚詩雅貴爲神子，又或者她本身便有冥想的天賦，少女竟很快便進入忘我的境界，腦海裡只剩下向天神懇切的祈求。

少女的神態是如此神聖與寧謐，彷彿有種神祕的渲染力，令眾人因赤霜丸的出現而焦慮浮躁的心情，不由自主地漸漸平復下來。這名纖弱嬌怯的新任神子，渾身正散發出一種懾人的氣勢！

所有人屏息靜氣，深怕一個小小的動作便會驚擾到少女。只見姚詩雅身上浮現出一層淡淡的金光，隨著時間流逝，這道光芒變得益發燦爛。

突然一陣耀眼的光芒猛然從姚詩雅身上炸開，圍觀眾人被強光照射時下意識緊閉雙目。當他們再度睜開雙眼，卻見點點金光以神子為中心往外擴散，灑落在眾多壽酒上。

白銀把其中一罈最接近姚詩雅、已完全被金光淨化包圍的壽酒打開，頓時一股沁入心脾的酒香從酒罈中飄散開來。用琉璃的老方法測試一下，驚喜地發現倒在碗中混有微量鮮血的溫水，再也沒有出現那些令人噁心的蟲蟲了！

「成功了……」宋仁書三人喃喃自語。他們的心情很複雜，有點意外、有點高興，但更多的卻是以此為榮。

首次憑藉自己的意志驅使神力，而且還是在神力不完全的狀態下，消滅數量非常可觀的赤霜丸，姚詩雅難免感到萬分吃力。金色光點繼續往外擴散，淨化著每一罈壽酒，可惜姚詩雅卻漸漸感到後勁不繼了。

就在力竭的姚詩雅快要倒下之際，一雙有力的手緊緊扶住她的肩膀，穩住少女快要軟倒的身子。姚詩雅訝異地回首一看，身後人竟是早應遠去的葉天維。

同時，姚詩雅的右手被人輕輕握住，隨即耳邊傳來俏皮又甜美的嗓音安慰道：「不要緊，我們會在這裡陪著妳。」

感受著二人帶給她的感動與溫暖，不知怎地，姚詩雅體內本來快要枯竭的神力忽然變得盈滿，最終竟讓她支撐至把所有赤霜丸消滅爲止。

當感知到所有赤霜丸皆被神力淨化後，姚詩雅這才吁了口氣，笑道：「幸不辱命。」

沉寂良久，大廳忽然爆發出如雷貫耳的歡呼聲，還有熱烈讚揚神子的聲音。

第十章　暗湧

她在笑她的妹妹、笑對方始終把人想得太簡單。

她真的認為姚樂雅會回應她的呼喚嗎？

在眾人的讚揚聲中，姚詩雅揚起嫻靜的美麗笑容，以只有身邊人才能聽見的聲量小聲詢問：「你不是早已離開了嗎？」

姚詩雅感到握著肩膀的雙手稍微加重了力道，身後人簡短回答：「我不是要離開。」

「咦？可是……」

「我不是要離開。」葉天維再次重複，語氣竟有點羞澀。

就在姚詩雅滿腹疑惑之際，卻聽到鬆開了她右手的琉璃吃吃笑道：「就是說，葉師弟雖然嘴裡說要離去，可是其實卻不放心妳的安危，趕著折返回去向師伯請假，好當詩雅姊姊妳的護花使者啦！」

□

事情總算完滿解決，即使眾人依舊有著許多疑慮，還是識趣地暫時先把一切藏於心裡。畢竟大家都很清楚這是白天凌的壽宴，在宴會上發生這種事情，白家莊面子上也不會好看。

對一些小門派來說，這些事並不用他們煩心，反正天大的事自有大門派頂著。白家莊與逸明堡這次丟了顏面，必定會用盡各種方法把主謀逼出來，他們只要跟著白家的步伐就好了。

賓客們歡宴至深夜，退席時有些人更是喝得爛醉如泥，得要別人攙扶才能搖搖晃晃地步出白家莊大門。

白天凌生性好客，本想讓這些喝醉的客人留宿一宵，可是思及與姚詩雅的約定，顧忌神子不知想要打探怎樣的情報，留在白家莊內的外人還是愈少愈好，因此白莊主只是吩咐眾弟子護送喝醉的賓客下山。

白銀看起來雖然很不牢靠，但其實細心得很。他特意在每組負責護送的弟子中安排一隻飛鷹隨行，這些飛鷹雖遠不及白彗與銀雪，但經過訓練卻也非常聰明。現在白家莊被不明敵人盯上，難保對方會不會對下山的賓客下手。萬一敵人真的發動突擊，白家弟子不敵之下還是能夠放出飛鷹尋求救援。

在白莊主忙於送客之際，琉璃喚住了姚詩雅，道：「姚大小姐到哪裡去了？」琉璃這麼一問，姚詩雅才驚覺自家姊姊不知道什麼時候竟然不見了！

左煒天恍然大悟，道：「難怪我覺得突然安靜下來！」

宋仁書附和道：「的確。在葉兄指出壽酒中藏有赤霜丸時，姚大小姐仍在我身邊碎碎唸，可是不知什麼時候卻好像忽然間沒了這些噪音。可惜當時我全副心神都在關注事態發展，並沒有注意到她是什麼時候離開的。」

說到這裡，眾人不約而同地看向最早發現姚紫雅不見了的琉璃，卻見少女攤了攤手，道：「我可沒有空、也沒有興趣留意姚大小姐的動向，事情解決之後才發現她不見了。不過這裡是白家莊，我想她應該沒有什麼危險。也許是吃太多油膩的食物，肚子痛了吧？」

聽到少女這麼說，眾人一臉黑線，隨即便把視線轉移至祐正風身上。卻見右將軍無奈地道：「抱歉，當時我的注意力全放在那名姓王的男子身上。」

提到這個人，四周的氣氛頓時變得凝重起來。良久，姚詩雅率先打破沉默：「我覺得那個人……有點可怕。」

每個人都不禁浮現出訝異的神情，姚詩雅生性隨和善良，鮮少從她口中聽到對別人的負面評價。

姚詩雅猶豫片刻，於眾人鼓勵的視線下道出內心的想法，道：「那位王公子雖然看起來很和善，爲人也溫文有禮。可是、可是……看到他時，我總有一種背脊發涼的感覺。」

宋仁書點了點頭，道：「我也認爲這個人並不簡單，他出現的時機實在太巧合了，言語間總是針對著白家莊，但表現出來的態度卻又如此眞誠，令人完全找不出破綻。」

「我已經請尹師兄到衛家察看，好確認一下那位王公子的身分眞僞。」不知什麼時候來到眾人身旁的白銀也加入了話題。

此時白天凌總算送走最後一名賓客，並讓弟子們撤出大廳，此刻留下來的人除了白天凌外，還有逸明堡的逸堡主。

只見逸堡主朗聲道：「老夫知道神子與白莊主有要事議論，也許還是老夫聽不得的機密。然而說到查探消息，逸明堡卻有些獨門手段。如果神子信得過老夫，老夫必定竭盡全力，也好爲老夫教出此等大逆不道的女兒贖罪。」

「逸堡主言重了。我們想要詢問的也不是什麼機密的事。就請你留下來，大家一起商討吧！」對於逸堡主，姚詩雅還是信任的。

神子的敘述並沒有花費太多時間，言談間也只是提及當年有關姚樂雅的疑案，並沒有提及對母親的猜忌，以及姚樂雅有可能同爲新任神子一事。

其實在姚詩雅內心深處，早已認定十年前的事十之八九與姚夫人脫不了關係。如果可以，她眞的很想讓事情永遠石沉大海。可是，她卻放不下記憶中的那抹溫馨。

放不下那個總是亦步亦趨跟在自己身後、呼叫著「姊姊、姊姊」的小小三妹，以及總是笑得很溫柔的二娘。

若姚樂雅眞的仍在世，姚詩雅發誓要把她迎回姚家裡！這孩子是她疼愛的妹妹，是她二娘與爹的孩子，不是什麼野種！

「那這件事倒還眞的得要逸堡主的幫忙。」聽完姚詩雅的描述，白天凌指出：「畢竟逸明堡是以咒術起家。」

逸堡主聞言微微一笑，道：「雖然流傳至今只有一些上不了檯面的小咒術，對於擁有神力的神子來說也許微不足道。可是這些咒術用在小事情上還是很有用處的，例如尋找血緣者就是其中之一。」

姚詩雅狂喜地抬起頭，她本來只打算利用白家莊的人脈來幫忙，沒想過竟會有意外收穫，連聲音也緊張得顫抖起來，道：「就是說……逸堡主可以透過咒術找到三妹？」

思量了半晌，逸堡主解釋道：「準確來說，這咒術是以名字作依歸、以血液作聯繫，從而尋找出血親者的蹤跡。可是必須具備兩個條件，其一是所尋找的人必須是血液提供者的血親；其二便是所搜尋的人要對咒術作出呼應，才能得知對方的確實位置。」

想到姚樂雅並不是父親所生的傳言，姚詩雅抿了抿嘴，毫不猶豫地道：「可以，對方是與我擁有相同血脈的親妹妹，而且我相信只要三妹仍然在世，她不會不回應我的。」

此時，大廳忽然被打開，由於白莊主早就下令別人不得進入，門外更有弟子把守，因此聽到開門聲，眾人皆訝異地看過去，結果進來的竟是先前不見蹤影的姚紫雅！

宋仁書皺了皺眉，這件事他不希望讓姚紫雅參與，卻又想不出該以什麼名目來阻止她。轉身看看神子，發現姚詩雅並沒有讓對方退避的意思，宋仁書決定先靜觀其變。

既然決定使用逸家的咒術，眾人便開始商討相關的準備與細節。出乎意料地，本來對於尋找姚樂雅一事很反對的姚紫雅，這次竟然什麼也沒有說，只是安靜地坐在一旁，嘴角勾起了一個冷冷的笑容。

她在笑她的妹妹、笑對方始終把人想得太簡單。

她眞的認爲姚樂雅會回應她的呼喚嗎？

她竟然還天眞地以爲，對方還是當年那個敬她、愛她、喚她「姊姊」的小女娃？

在姚夫人以如此殘忍的手段對付這對母女後，一切都變得不同了。

幸好姚家還有她這名長女，她絕不會讓愚蠢的妹妹破壞姚家的聲譽！

擁有美艷動人外表的姚紫雅很清楚，娘親最愛的並不是她，也不是姚詩雅。這名高貴的老夫人所愛的只有金錢與權力，她對女兒的好純粹是一種變相的收買，爲了利用她們的美貌來拉攏對姚家有利的大人物。

同樣地，姚紫雅也甘願被利用。因爲她也有自己的野心。對她來說，這個娘家只是她人生中的一顆墊腳石。

當然，姚家對姚紫雅來說還是很重要的。若姚家沒落了，失去姚家的支持，沒了墊腳石的她還有什麼希望可言？

雖然她一直認爲姚樂雅絕對沒有活下來的可能，但今天，無論咒術的結果如何，也許是時候回姚府向娘親報告一下了。

施行咒術的準備其實很簡單，只需一面銅鏡、一盤清水，以及血親的鮮血，當然還有逸明堡那祕傳的術法。

在清水四周用朱砂寫上一些複雜的咒文後，逸堡主便示意神子把鮮血滴在清水中。身爲施法者的逸堡主則是手握銅鏡，邊把鏡子調整至能折射出清水的角度，邊輕聲吟誦著發動咒術的咒語。

此時二人絕對不能被打擾，眾人皆很自覺地圍在二人身邊進行保護，左煒天與葉天維更是一左一右阻擋在姚紫雅身前，防備的意思很明顯。面對如此不留情面的舉動，姚紫雅只是冷哼了聲，並沒有言語。

然後神奇的事發生了。神子的鮮血滴下以後，並沒有在水中化開，反而隨著老人的咒語，自動形成了一個又一個的咒文。

彷彿響應著水盤的變化，逸堡主手裡銅鏡的影像竟逐漸扭曲變幻，看起來就像是模糊的景色與人影。

就在銅鏡的影像即將變得清晰之際，水面忽然浮現一圈圈水紋，瞬間打散了那些由鮮血所形成的咒文。隨即「啪」地清脆響聲，銅鏡表面竟無故裂出一道長長的裂縫，本來逐漸清晰的人影頓時崩散！

「爲什麼會這樣!?」明明差點便成功了，姚詩雅驚惶地詢問著是否有什麼地方出錯。

「對方在拒絕。」放下手中的銅鏡，逸堡主臉色凝重地道：「從咒術能夠與神子的血液互相呼應這點來看，那位名叫姚樂雅的姑娘確實是神子的血親。然而就在我們追蹤到這位姑娘時，法術便被對方的意念強行中斷了。」

看到姚詩雅的手仍在滴血，葉天維黑著一張臉走到少女身邊，取出早已準備好的布條，默默替戀人處理受傷的手腕。打從一開始，他聽到法術須要放血便已大力反對。現在咒術失敗，想到姚詩雅白放了這麼多血，葉天維的神情只能以恐怖來形容。

「這種追蹤的法術除了姚樂雅姑娘外，是否有機會由第三者強行介入中斷？」宋仁書想了想問道。

「不可能。」逸堡主想也沒想，便肯定地答道：「這咒術除了當事人，外人是無法干擾的。」老人想了想，補充道：「不過有一點很奇怪，就是咒術被中斷的時間實在太快了。對方好像算好時間似地，在我們連接的瞬間便立即中斷聯繫。依老夫推斷，那位姚樂雅姑娘也許身具強大的法力，而且身處離我們不遠的地方。」

身具強大法力這一點，立時獲得宋仁書三人的注意。他們本就猜測姚樂雅是預言中的另一名神子，逸堡主的推斷進一步證實這個猜測。

「難道姚樂雅也在白家莊裡!?」左煒天驚呼。

宋仁書聞言，立即涼涼地反駁道：「笨！二哥難道忘了我們先前的目的嗎？」

左煒天「哼」了聲，道：「誰說我忘了。不就是到達十年前的案發地點清林市尋找線索嗎？」看到宋才子似笑非笑的神情，左將軍這才醒悟：「清林市！」

逸堡主思索半晌，點了點頭，道：「清林市離這裡不遠，的確有這個可能。不過……」皺起眉沉思了一會兒，逸堡主搖了搖頭笑道：「不，大概是我多心了。」

看到眾人因咒術失敗而垂頭喪氣的樣子，白天凌說出一個提議，算是今天難得的好消息：「白家莊於清林市置有不少產業，對清林市瞭如指掌。明天我修信一封，詢問一下駐守在當地的弟子，看看有沒有人知道當年的事情。讓飛鷹傳信的話，我想明天下午便能有答案了。」

微微一笑，白銀推開了大廳的門，道：「天色已晚，此刻趕到清林市胡亂找人也不是辦法。幾位就先收拾心情暫住敝莊一晚，一切待弟子回報後再作商議吧！」

□

白家莊雖是武林世家，但莊內環境卻很清雅，滿山的白蘭飄來陣陣清香。對於一直疲於奔命的神子一行人來說，確實是個休息的好地方。

各自分配到一間精緻的客房後，眾人很快便沉沉睡去。然而琉璃卻沒有立即就寢，披著一身單薄衣裳的她走到莊內的庭園，看著水池中的倒影呆呆發怔。

此刻的琉璃沒有笑。收起了往常輕鬆開朗笑容的她，神情有點困惑、有點苦惱，甚至有點難過。

「妳在想什麼？」

訝異地轉身，少女想不到會遇上這個人，也預料不到對方竟會主動與她說話。因爲由最初見面的時候開始，這個人便很討厭她了。

沒心情欣賞琉璃難得一見的呆相，本就沒什麼耐性的紅蘭一臉不耐，皺起眉頭續道：「喂！我問妳不睡覺，站在這兒想些什麼？」

「啊！呃……也沒什麼啦……」琉璃這才回過神來，回了一句，敷衍的意味很明顯。

緊盯住琉璃強顏歡笑的神情，紅蘭冷冷地問：「妳知道我爲什麼討厭妳嗎？」

「因爲我的身分背景不明？因爲我比妳更受白莊主喜愛？」無所謂地聳了聳肩，琉璃隨意猜測。她可沒招惹過紅蘭什麼，自始至終都只是對方單方面在討厭她、找她麻煩而已。

「因爲妳待人表面上很好，可是城府很深。妳總是什麼都知道，卻什麼也不說，這就是我一直以來討厭妳的原因。」紅蘭凝望著琉璃愕然的神情，少女顯然完全猜不到她會說出這樣的答案。

「那麼，對於我剛才的解釋，妳還有什麼話要說嗎？」紅蘭緊接著再度詢問。在滿是不耐煩的神情下，隱藏著一絲淡淡的擔憂。

看來自己一直小看她了。

如此想著的琉璃，苦笑著說道：「沒有，我沒有什麼要補充的。」

至少在她把想要做的事情完成以前，沒有。

看到紅蘭怒氣沖沖地拂袖而去，琉璃無奈地聳了聳肩，心想她大概會變得更討厭自己了吧？

白家莊的情報果然迅速，很快便查出十年前所有相關人士的資料。

負責送信的銀雪準確停駐在白銀的肩膀上，看了看信中的內容，白銀道：「當年的目擊者——包括客棧老闆、店小二，以及姚家的兩名護衛，在事件發生後忽然一夜致富。這是那些人的資料，以及他們此刻的住處。有兩人仍然住在清林市，此刻都是當地出名的大富豪了，我們可以嘗試套套他們的話。」

「我們？」

「尹師兄那邊有消息了。那名王公子所說的話是假的，衛家被滅門了。」白銀取出另一封信，道出驚人的情報：「身爲武林之首的白家莊少主，豈能坐事不理？何況赤霜丸的事情，十之八九是衝著我們白家莊來的。」

「可是，這與我們尋找三妹的事情有什麼關聯嗎？」不知爲何，姚詩雅有預感，這個問題的答案並不是她希望聽到的。

「因爲衛家的家主衛秋明，正是當年護送姚家二夫人及三小姐出行，並於事後提出證詞的兩名護衛之一！」

姚樂雅母女的慘案。

想要阻礙神子登位、接連不斷的刺客。

多年來總是位於暗處挑起紛爭的逸嫣然，以及在壽宴上自稱姓王、代表衛家而來的神祕男子。

十年前的目擊者皆一夜致富……

所有的事情看起來雖是獨立發生，卻彷彿有著某種奇特的聯繫。然而眾人就在即將領悟出什麼之際，卻又焦躁地發現自己總是捉摸不到事情的重點。

只是，花月國將有大事發生的預感，不約而同地於眾人的心裡生起。

□

明媚的天空，溫暖的微風，這的確是出門的好天氣。

伴隨一聲高昂的鳴叫，美麗的白色獵鷹盤旋於天際，白莊主笑了笑向琉璃道：「白彗這小子終究還是喜歡跟著妳，妳就帶牠一起走吧！」

琉璃道謝過後，便以哨聲作令，隨即飛翔天際的白彗發出喜悅的鳴叫聲，降落至少女肩膀上。

看著幾名年輕人離開的背影，白天凌不禁嘆息：「或許不用多久，便有場難打的仗了。」

「白兄也不用多慮，現在已經是年輕一輩的時代了，煩心事就交給他們處理吧！」逸堡主笑道：「何況那個叫琉璃的小姑娘劍術高強、人緣又好；新任的神子也溫柔善良，討人喜歡。這次的事情，他們也算是在江湖中大大地出了名。再加上大伙兒還欠著他們的恩情，有什麼事情，各門派都會幫他們的。只盼這些小傢伙早日打個大勝仗回來，好教老夫也替他們歡喜一下。」

「呵呵！也是呢！」白天凌聞言不禁卸下愁容，笑了起來。

《琉璃仙子卷一．兩名神子》完

後記

大家好！謝謝各位購買我的新書《琉璃仙子》！

如果在我還是粉嫩嫩的新人時，便有在網路閱讀我寫的小說的朋友們，對小琉璃這個俏皮活潑的小姑娘應該不會陌生了。《琉璃仙子》與《懶散勇者物語》一樣，都是我早期的作品。現在能夠出版實體書，實在令我興奮不已。

《琉璃仙子》是我初次以東方古代爲背景所寫的小說，再加上由於我是香港人的關係，平常說話時所用的廣東話，與書寫所用的書面語已經有很大的差別。現在換成了古代的背景，便更加要小心翼翼，深怕會在內文中出現一些不合理的句子。

例如在琉璃談及師門狀況的一幕，「讓集合兩家所長的兩名弟子進行決鬥的賭約」，在修文時總是給予我很強烈的違和感，結果想了好一會，我才醒覺到問題所在，隨即把「決鬥」轉變成「比武」，句子立即便變得順眼得多了。

類似上述的狀況在文中經常出現，當然因爲這是以輕鬆爲主的輕小說，我並不希望把文章寫得過於文謅謅，兩者之間如何取得一個平衡，對我來說是一個滿新的體驗與挑戰。

琉璃已經是我第三位以女性做主角的角色，爲了多嘗試描寫不同的角色，也希望能帶給大家新鮮感，因此每本小說的主角，性格與背景都有著不少差異。

例如《傭兵公主》裡，主角西維亞身分高貴卻又有點小迷糊，又例如《懶散勇者物語》中夏思思那不平凡的童年，以及其懶散無比的性格。到了這一本《琉璃仙子》，則出現了一個背景神祕、好管閒事的小姑娘琉璃。

有別於前兩個系列的主角，琉璃的身分背景成謎，神子一行人對她各有猜疑，可卻又忍不住喜歡這個可愛的小姑娘。

琉璃的身分會隨著劇情的展開而逐步披露，另外，逸嫣然的目的、姚樂雅的去向，大家可以跟隨著神子他們一起猜測、一起探索，看看到最後能否猜出事情的眞相。

□

5月份與朋友一起回到南丫島，找到了一年前我們當義工時種下的小樹苗（作者頭像有放樹苗的照片）。

看到小樹苗依然健在，在那片貧瘠的土地上堅強地生活著時，便有種莫名的感動。

値得一提的是，去年在植樹以後，我們幾名相熟的植樹義工便把私下準備好的一個寫有名字及植樹日期、事先還特別過膠處理過的小紙牌掛在樹苗上。

結果這次重臨舊地，竟驚見整張紙牌都腐朽了！只剩餘一條變成棕色的絲帶掛在樹枝上……

明明只事隔一年，那種彷彿過了十年的腐化程度到底是怎麼一回事啊!?

離開時，我們相約一年後再來探訪種下的樹苗。希望下一年再見，小樹苗會變得更健更壯了吧！

最近在看一些大陸作者寫的小說，他們的讀者都會以「作者筆名頭一個字」＋「粉」來稱呼自己，代表他們是那名作者的粉絲。

看到這裡，我不期然地想，那我的讀者不就是「香粉」了嗎!?

實在是個意外可愛的名字！

想到這裡，我忽然很慶幸我的筆名沒有「米」、「白」等字眼，不然我可愛的讀者朋友便會變成「米粉」、「白粉」了！

在芸芸眾生中大家能夠遇上，實在是很大的緣分。我們可能有不同的宗教、不同的愛好、身處不同的地方，但卻讓一本小說所聯繫上了。

各位選擇購買了這本《琉璃仙子》，更是我莫大的榮幸。對於大家一直以來的支持，我是眞的很感謝的。因爲有讀者的支持，才會有「作者」這個職業的存在。

希望《琉璃仙子》能夠獲得大家的喜愛，也期望在第二集能夠再與各位見面！

香草

琉璃仙子

【下集預告】

琉璃仙子

爲尋找姚樂雅，一行人前往姚二夫人被殺害之處。
但當年的目擊證人卻早已喪命，是巧合？還是……

佟氏一族重新入世，護山神獸華麗麗登場！
然而神子遠遊的同時，姚家正發生著翻天覆地的巨變……

卷二〈佟氏一族〉·2014年暑假，敬請期待～～

國家圖書館出版品預行編目資料

琉璃仙子 / 香草 著.——初版. ——台北市：
魔豆文化出版：蓋亞文化發行，2014.07
冊； 公分.
ISBN 978-986-5987-47-3（卷1：平裝）

850.3857 103010780

fresh FS065

琉璃仙子 01

作者 / 香草
插畫 / 天藍 封面設計 / 克里斯
出版社 / 魔豆文化有限公司
地址◎ 台北市103赤峰街41巷7號1樓
電話◎（02）25585438 傳真◎（02）25585439
網址◎ www.gaeabooks.com.tw
部落格◎ gaeabooks.pixnet.net/blog
電子信箱◎ gaea@gaeabooks.com.tw
投稿信箱◎ editor@gaeabooks.com.tw
郵撥帳號◎ 19769541 戶名：蓋亞文化有限公司
發行 / 蓋亞文化有限公司
法律顧問 / 義正國際法律事務所
總經銷 / 聯合發行股份有限公司
地址◎ 新北市新店區寶橋路二三五巷六弄六號二樓
電話◎（02）29178022 傳真◎（02）29156275
港澳地區 / 一代匯集
地址◎ 九龍旺角塘尾道64號龍駒企業大廈10樓B&D室
電話◎（852）2783-8102 傳真◎（852）2396-0050
初版一刷 / 2014年07月
定價 / 新台幣 180 元
Printed in Taiwan

ISBN / 978-986-5987-47-3

魔豆

魔豆